H. Scudder, 467 Harrison Street
302 Sherman Street respectively,
e the guests of the Rev. W. H
e Friday, January 6, at 5 o'c

eroy Collins, son of Mr. and
ins, Chestnut Street, returned
dentown school on Thursday.
rs. Williams, of Middletown, N
he guest of Mrs. F. W. Scud
rrison Street, for a few days.
he Helping Hand Society was
ained at the home of Mrs. H. J.

HAIR DRESSING PARLOR
175 Pearl St., Paterson.

s Stella Hogans,
raduate from the Madame C. J.
kers Lelia College of New York.
nly Madame Walker's treatment
d.
air dressing and all the arts of
work guaranteed.
MISS STELLA HOGANS,
175 Pearl Street,
12—4t. Paterson, N. J.

ESTABLISHED 20 YEARS
RS. IDA WHITE-DUNCAN
HAIR WORKER

19 Prescott St., Jersey City, N. J.
gs, Braids, Bangs, Pompadours,
nsformations, Combings made up in
style. Scalp Treatment, Shampooing,
Dresing, Face Massage, Manicuring.
red peoples' combings bought. Les-
taught in Hair Work. Diplomas
ded. Mail orders attended to.

STRAIGHTEN YOUR HAIR

t with hot irons. But do it wi
no-more) the greatest hair straightening
aration on earth. Kink-no-more will
ghten the kinkiest kind of hair. Think
it—a preparation that all you have to do
apply it on the hair and with a little
ing the hair becomes straight, not to stay
ne day or one week, but to last from six
ight months. Water nor nothing else
make it kink again after it has been
ghtened. Kink-no-more is a wonder
er. So marvelously does it do its work
one can hardly believe their own eyes.
orks like magic, and is unique because
is not another preparation in the world
it. We offer a reward of $100 for any
of hair the Kink-no-more will not
ghten.
nk-no-more is a vegetable compound; it
rfectly harmless and will not injure the
nor hair. But will stop it from falling
positively removes dandruff; promotes a
iant growth of healthy hair and keeps it
and glossy. Remember Kink-no-more is
under a guarantee to do all that is
ed for it or money refunded. We will
to anyone on the receipt of $1.00 a
ar size box of Kink-no-more, enough to
ghten from one to two heads of hair.
n ordering send registered letter, postal
y order or express money order. Liberal
ements offered to agents. Write to-day
special terms. Enclose 2 cent stamp to
Agents wanted everywhere.
dress Shelton & Jones. 1019 Spring
avenue, Asbury Park, N. J.

---

lynchings for 1914, makes the following
ported, had raped her; another was ac-
                                  nale,
                                  in-
                                  the

                                    'S

                              kind
n New York. We teach: Removal of
moles, warts, superfluous hair with the
Violet Ray; instantaneous skin bleaching
with the Red Light; shampooing, hairdressing, manicuring, electric massage,
weaving and all of its branches and
many other things.
Full line of toilet articles and Hair
Goods, straightening combs, curling irons,
hair nets, everything pertaining to the
hairdressing and manicuring trade.
Corresponding Course. Write for terms.
Send 2c. stamp for our catalogue.
MME. LOUISE W. HILL,
2295 7th Ave., N. Y. City.

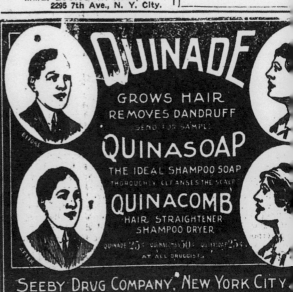

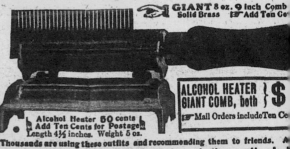

IDLE?

Why not start the
children of other rac
their minds be occup
business lines while
not in school.

I can start your
girls in a dignified
business.

Write me for furt
mation.

A. R. STEWA

Tuskegee Institu

BRANQUEADOR INSTANTÂNEO™
BLACK NO MORE

Black no More

*Sendo um Relato das Estranhas e
Maravilhosas Maquinações da Ciência
na Terra dos Livres, A.D. 1933-1940*

GEORGE S. SCHUYLER

nota dos editores

Mantivemos, sempre que possível, os termos empregados na obra original para referir às pessoas negras, para assim preservar as nuances mais próximas da intenção do autor, bem como para registrar as diferentes conotações no contexto histórico retratado.

Prefácio do autor
9

Black no more
11

À flor da pele
TOM FARIAS
227

Quilombo nos Estados Unidos
GEORGE S. SCHUYLER
235

Dois mundos:
preto e branco, dentro de um só país
ABDIAS DO NASCIMENTO
237

O iconoclasta
239

Prefácio do autor

Há mais de vinte anos, um cavalheiro em Ashbury Park, Nova Jersey, começou a manufaturar e a promover um preparado para o pronto e infalível estiramento dos mais teimosos dos cabelos negros. Esse preparo era chamado de *Kink-no-More* ("Chega-de-Pixaim"), um nome não muito preciso já que quem o usava era forçado a renovar o tratamento a cada duas semanas.

Daqueles anos para cá, diversos químicos, tanto profissionais quanto amadores, têm buscado os meios de fazer o mais oprimido dos afro-americanos ficar parecido com um cidadão branco. Tais preparos temporariamente eficazes à venda no mercado têm, até agora, se mostrado imensamente lucrativos para os fabricantes, os publicitários, os jornais para o público negro e os esteticistas, enquanto que milhões de usuários demonstraram grande satisfação com a oportunidade de livrarem-se do cabelo pixaim e ganharem tons mais leves na cor, mesmo que por um breve momento. Com a constante repetição e reforço nos Estados Unidos sobre uma superioridade da branquitude, é fácil compreender a busca ávida por parte da massa negra por algum caminho para a perfeição cromática. E agora parece que a ciência está prestes a satisfazê-los.

O doutor Yusaburo Noguchi, chefe do Hospital Noguchi em Beppu, Japão, contou[1] aos jornalistas americanos em outubro de 1929 que, como resultado de quinze anos de pesquisa laboriosa e experimentação, ele conseguiu transformar um negro em um homem branco. Ainda que admitisse que essa metamorfose racial poderia não ser atingida da noite para o dia, ele sustentava que "com o tempo, poderei transformar os japoneses em uma raça de louros altos de olhos azuis". A transformação racial, afirmou, poderia ser atingida com o controle glandular e a nutrição elétrica.

Ainda mais assertiva é esta declaração do Sr. Bela Gati, um engenheiro elétrico residente em Nova York, que, em carta datada de 18 de agosto de 1930 endereçada à Associação Nacional para o Avanço das Pessoas de Cor, afirmou, em parte:

Certa vez estava eu tão fortemente bronzeado pelo sol que uma população rural europeia achou que eu era negro. Não sofri muito, mas a situação foi desagradável. Desde então eu venho estudando o problema e estou convencido de que o superávit de pigmentação pode ser removido. Se estiverem interessados e acreditarem que, com a ajuda dos seus médicos, poderíamos realizar alguns experimentos, estou disposto a enviar a especificação da patente [...] e minhas condições gerais referentes à invenção [...]. O investimento seria, digamos, irrisório.

Quero expressar meus sinceros agradecimentos e admiração ao Sr. V. F. Calverton por seu agudo interesse e encorajamento, bem como à minha esposa, Josephine Schuyler, cuja cooperação e crítica foram de grande auxílio para que eu completasse este livro.

George S. Schuyler

Capítulo 1

Cidade de Nova York, primeiro de setembro de 1930.

Max Disher estava diante do Honky Tonk Club baforando um charuto Panatela e observando as multidões de gente branca e preta entrando no cabaré. Max era alto, elegante, e de um marrom-café suave. Seus traços negroides lhe davam um aspecto levemente satânico e havia um quê de *blasé* em seu porte. Portava um chapéu de modo libertino e um traje noturno impecável sob seu casacão de pele. Era jovem, não estava liso, mas estava danado de triste. Era a véspera de ano novo, 1933, em Nova York, mas não havia o espírito de alegria e contentamento em seu coração. Como poderia compartilhar do bom humor da multidão quando não tinha uma garota para si? Ele e Minnie, sua melindrosa amarela,[2] haviam brigado naquele dia e tudo entre eles havia acabado.

"As mulheres são muito engraçadas", ruminava ele, "especialmente as amarelas. Você pode dar a Lua e elas nem agradecem." Deve ter sido isso: ele tinha dado coisas demais a Minnie, não vale a pena gastar tanto assim com elas. Assim que ele lhe comprou um novo vestido e pagou o aluguel do apartamento de três cômodos, ela ficou toda metida. Ficou se achando só por conta da cor, esse era o problema com ela! Tirou o charuto da boca e cuspiu de desgosto.

Um sujeito negro, baixo, gorducho e querubínico, resplandecente em seu chapéu Fedora castanho de aba curta, casacão de pele de camelo e polainas, aproximou-se e deu um tapinha em seu ombro. "E aí, Max!", cumprimentou o recém-chegado, estendendo a mão sob uma luva de cor bege. "No que está pensando?"

"Em tudo, Bunny", respondeu o galante Max. "Aquela maldita da minha amarela ficou toda empombada e me largou."

"Mas não diga!", exclamou o sujeito negro atarracado. "Puxa, e eu pensei que estava tudo beleza entre vocês".

"*Estava*, isso sim. E depois de gastar minha grana! Isso me deixa passado. Eu vou e compro duas cadeiras no Honky Tonk para esta noite, certo de que ela vinha e aí ela começa um quebra-pau e me larga!".

"Que droga!", explodiu Bunny, "mas eu não deixaria isso me botar para baixo. Eu arranjava outro rabo de saia. Não iria deixar mulher nenhuma estragar minha noite de Réveillon".

"Eu também, sabichão, mas todas as damas que conheço já têm par. Então fico aqui todo vestido e sem ter para onde ir."

"Mas você não tem duas entradas? Bem, vamos nós dois, eu e você", sugeriu Bunny. "Quem sabe a gente não consegue penetrar em alguma festinha?"

Max ficou visivelmente radiante. "Taí, boa ideia", disse. "Nunca se sabe, a gente pode acabar caindo em alguma coisa boa".

Girando as bengalas, os dois juntaram-se à turba na entrada do Honky Tonk Club e desceram para suas profundezas esfumaçadas. Costuraram o caminho pelo labirinto de mesas seguindo um garçom que se esgueirava e sentaram-se próximos à pista de dança. Após pedirem *ginger ale* e muito gelo, encostaram-se e olharam para a multidão.

Max Disher e Bunny Brown eram parceiros desde os tempos de Guerra, quando serviram juntos como soldados no velho 15º Regimento, na França. Agora Max era um dos melhores agentes da Companhia Afro-Americana de Seguros de Incêndios e Bunny era bancário no Douglass Bank,[3] e ambos desfrutavam da reputação de safos e joviais no Harlem negro. Os dois tinham em comum uma fraqueza um tanto prevalecente nos jovens afro-americanos: preferiam mulheres amarelas. Os dois juravam que havia três coisas essenciais para a felicidade de um cavalheiro de cor: dinheiro amarelo, mulheres amarelas e táxis amarelos. Tinham alguma dificuldade em obter o primeiro, nenhuma dificuldade em conseguir o terceiro, mas as mulheres amarelas eles achavam evasivas e escorregadias. Era tão difícil agarrá-las! Eram tão disputadas que era quase preciso ter um milhão de dólares para mantê-las longe das garras dos rivais.

"Chega das amarelas!", Max anunciou peremptoriamente, bebericando sua bebida. "Vou arranjar uma mulher preta para mim".

"Não me diga!", exclamou Bunny, reforçando seu copo com o conteúdo de seu imenso frasco prateado.[4] "Não está pensando em entrar no ramo do carvão, ou está?"

"Bem...", argumentou seu parceiro, "pode ser que mude minha sorte. Em uma mulher preta você pode confiar, ela fica do seu lado".

"E como é que você sabe? Nunca teve uma! Toda garota que eu vejo com você tem cara de branquela."

"Hmpf", grunhiu Max. "Minha próxima pode até ser uma branquela! Dão menos trabalho e não pedem que lhes dê a Lua."

"Estou contigo, parceiro", concordou Bunny. "Mas para mim tem que ser uma dessas com classe. Não quero saber dessas secretárias! Te põem em cada enrascada... O fato é, garotão, que nenhuma dessas mulheres presta. Todas perdem logo a graça."

Beberam em silêncio observando a multidão heterogênea a seu redor. Havia pretos, marrons, amarelos e brancos batendo papo, flertando, bebendo; ombro a ombro na democracia da vida noturna. Uma neblina de tabaco fazia uma guirlanda em torno das cabeças e a zoeira da industriosa banda de jazz deixava inaudível qualquer ruído à exceção das gargalhadas mais estridentes. Por entre as mesas serpenteavam os garçons, as bandejas mal equilibradas, enquanto que os fregueses, enfeitados com coloridos chapéus de papel, atravessavam o tempo da orquestra, lançavam serpentinas ou choramingavam nos ombros uns dos outros.

"Olha pra aquilo! Rapaz...", exclamou Bunny, apontando para o vestíbulo. Um grupo de brancos havia entrado. Estavam todos em traje de gala e entre eles estava uma alta, esguia e loura garota que parecia ter saído do céu ou de alguma capa de revista.

"Minha nossa...", disse Max, empertigando-se na cadeira.

O grupo consistia de dois homens e quatro mulheres. Foram conduzidos à mesa próxima da ocupada pelos dois dândis de "cor". Max e Bunny puseram seus olhos neles, discretamente. A garota era certamente um sonho.

"É *disso* que estou falando!", sussurrou Bunny.

"Se enxerga", disse Max. "Você não consegue chegar nem perto dela".

"Olha, sei não, garotão", Bunny exalava confiança, "nunca se sabe!".

"Bem, eu sei", observou Disher. "Porque ela é uma branquela."

"E como é que você sabe disso?"

"Cara, eu consigo distinguir uma branquela a um quarteirão de distância. Não é à toa que nasci e fui criado em Atlanta, Georgia, você sabe. É só ouvir a voz dela".

Bunny ficou escutando. "É, acho que ela é", concordou.

Ficaram olhando para aquele grupo, alheios a tudo o mais. Max estava especialmente fascinado. A garota era a criatura mais bonita que já havia visto e sentiu-se irresistivelmente atraído por ela. Sem se dar conta, ajustou o colarinho e passou sua mão bem manicurada pelo cabelo rigidamente esticado.

De repente um dos brancos levantou-se e veio em direção à mesa. Eles assistiram com desconfiança. Será que iria puxar uma briga? Teria notado que eles estavam encarando a garota? Ambos ficaram tensos com a aproximação.

"Digam", os saudou, inclinando-se sobre a mesa, "vocês rapazes não saberiam onde a gente pode comprar algum álcool decente por aqui? Nossa bebida acabou e o garçom diz que não pode arranjar para a gente".

"Vocês podem comprar um negócio bom só descendo a rua", Max o informou, um tanto aliviado.

"Mas não vão vender para ele", disse Bunny. "Vão desconfiar que você é um agente da Lei Seca".

"Será que um de vocês rapazes não conseguiriam para mim?", perguntou o homem.

"Claro", disse Max, empolgado. Que sorte! Ali estava a chance que estava esperando. Essas pessoas iriam convidá-lo a sentar-se com eles. O homem passou-lhe uma cédula de dez dólares e Max saiu, sem chapéu, para ir comprar o álcool. Em dez minutos estava de volta. Deu ao homem a garrafa e o troco. O homem deu-lhe de volta o troco e agradeceu. Não houve convites para juntar-se à eles. Max voltou para sua mesa e ficou olhando para eles, melancolicamente.

"Ele o convidou?", perguntou Bunny.

"Estou aqui de volta, não estou"?, respondeu Max, um tanto rancoroso.

A pista foi esvaziada para o show. Um comediante com o rosto pintado de preto, um cantor corpulento que gritava canções de Mammy,[5] com três dançarinos cor de chocolate e um octeto de coristas mulatas rebolativas quase desnudas.

Então veio a meia-noite e o pandemônio quando chegou a hora do Ano Novo. Quando a batucada amainou, as luzes baixaram o tom e a orquestra passou a uivar um *blues* batido. A pista encheu-se de casais. Os dois homens e duas das mulheres da mesa foram dançar. A linda garota e uma outra ficaram para trás.

"Vou lá convidá-la para dançar", Max anunciou subitamente para um surpreso Bunny.

"Não me diga!", exclamou o outro. "Você está querendo arrumar encrenca".

"Bem, vou arriscar, mesmo assim", persistiu Max, erguendo-se.

Aquela beleza nívea o havia hipnotizado. Sentia que daria o que tivesse só por uma dança com ela. Rodopiar pela pista com aquela cintura delgada em torno dos seus braços seria como uma eternidade no paraíso. Sim, valia a pena arriscar-se a ser recusado por isso.

"Não faça isso, Max!", implorou Bunny. "Os caras podem querer puxar briga."

Mas não havia como segurar Max. Quando ele queria uma coisa, não havia quem o parasse, especialmente quando uma graciosa donzela estava em questão.

Ele perambulou até a mesa no seu modo mais galante e ficou olhando para aquela loura resplendente. Era de fato estonteante, e seu perfume exótico tintilava em suas narinas, mesmo com as nuvens de fumaça de cigarro.

"Gostaria de dançar?", perguntou, após uma breve hesitação.

Ela olhou para cima, para ele, com frios olhos verdes, um tanto atônita com aquela insolência e talvez secretamente intrigada, mas sua resposta não deixou margem de dúvidas.

"Não", disse friamente. "Nunca danço com *niggers*!" Então, voltando-se para sua amiga, comentou: "dá para acreditar na cara de pau desses escuros?" Fez uma careta zombeteira, deu de ombros e dispensou o desagradável incidente.

Devastado e com raiva, Max voltou a seu lugar sem dizer uma palavra. Bunny ria alto.

"Você disse que ela era um branquela", gargalhou, "e agora sabe que é".

"Ah, vá pro inferno", grunhiu Max.

Bem naquela hora passava por eles Billy Fletcher, o chefe dos garçons. Max o reteve. "Já viu aquela dama ali alguma vez?", perguntou.

"Ela vem aqui quase todas as noites desde o Natal", respondeu Billy.

"Sabe de quem se trata?"

"Bem, ouvi dizer que é uma ricaça de Atlanta que veio passar os feriados aqui. Porquê?"

"Por nada, estava só pensando aqui."

De Atlanta! Da cidade natal dele. Não admira que ela o tivesse dispensado. Veio para cá curtir o bairro dos negros, mas curtir só de ver, sem contato. Essa gente branca é engraçada. Não querem se meter com os negros, mas estão sempre frequentando os refúgios dos negros.

Às três horas, Max e Bunny pagaram a conta e subiram para a rua. Bunny queria ir ao baile de café-da-manhã no Casino Dahomey, mas Max não estava a fim.

"Vou pra casa", anunciou, laconicamente, acenando para um táxi. "Boa noite."

Enquanto o táxi rodopiava pela Sétima Avenida, ele recostou-se e pensou na garota de Atlanta. Não conseguia tirá-la da cabeça, e nem queria. Chegando na pensão, pagou o motorista, destravou a porta, subiu para seu quarto e despiu-se, mecanicamente. Sua mente era um caleidoscópio: Atlanta, olhos verde-mar, corpo esguio, cabelos áureos, modos frígidos. "Eu nunca danço com *niggers*." Então caiu no sono por volta das cinco horas e logo sonhou com ela. Sonhou que dançava com ela, jantava com ela, passeava de carro com ela, sentava ao lado dela em um trono dourado enquanto um milhão de escravos brancos acorrentados se prostravam diante dele. Então veio um pesadelo de homens medonhos, cinzas, com espingardas, cães de caça, uma pilha de achas encharcadas de gasolina e uma turba ululante, fanática.

Acordou coberto de suor. Seu telefone tocava e o sol do fim da manhã jorrava em seu quarto. Saltou da cama e ergueu o aparelho.

"Ei", gritou Bunny, "já viu o *Times* desta manhã?"

"Claro que não", grunhiu Max, "acabei de acordar. Por que? O que tem nele?"

"Bem, você se lembra do doutor Junius Crookman, o sujeito de cor que foi para a Alemanha estudar, faz uns três anos? Ele acaba de voltar e o *Times* está dizendo que ele anunciou uma maneira garantida de transformar os escuros em brancos. Achei que você estaria interessado, depois que se apaixonou por aquela branquela na noite passada. Dizem que o Crookman vai abrir um sanatório agora mesmo no Harlem. Olha aí sua chance, garotão, é a sua única chance", riu Bunny.

"Ah, sai dessa", grunhiu Max. "Isso é pura cascata."

Porém ele estava impressionado, e um tanto animado. E se fosse verdade? Vestiu-se com pressa, depois de uma ducha gelada, e saiu para a banca de jornais. Comprou o *Times* e varreu com os olhos as colunas. Lá estava:

NEGRO ANUNCIA DESCOBERTA NOTÁVEL
Pode mudar de preto para branco em três dias.

Max foi para o restaurante Jimmy Johnson e leu avidamente a notícia enquanto aguardava seu café da manhã. Sim, tem de ser verdade. E pensar que o velho Crookman conseguiria uma coisa dessas! Poucos anos atrás ele não passava de um estudante de medicina faminto do Harlem. Max baixou o jornal e olhou pela janela, imerso em pensamentos. Rapaz, o Crookman vai ficar milionário logo. Pode virar multimilionário. Parece que a ciência iria ter sucesso onde a Guerra Civil tinha fracassado. Mas como seria possível? Olhou para suas mãos e apalpou a nuca, onde a loção de estiramento havia fracassado em domar alguns dos cachos. Ficou remexendo seus ovos com presunto enquanto vislumbrava as possibilidades da descoberta.

Então uma súbita percepção tomou conta dele. Olhou para o relato do jornal mais uma vez. Sim, Crookman estava hospedado no hotel Phyllis Wheatley. Por que não ir lá e conferir? E por que não ser o primeiro negro a tentar? Claro, era arriscado, mas pense em virar branco em três dias! Chega de Jim Crow.[6] Chega de insultos. Como um homem branco, poderia ir aonde quisesse, ser o que quisesse, fazer quase tudo o que quisesse, ser um homem livre, enfim... e provavelmente poderia ficar com a garota de Atlanta. Que sonho!

Ergueu-se apressado, pagou a conta, correu para a porta e quase trombou com um velho branco que carregava um cartaz anunciando um Baile da Fraternidade Negra, e galopou, quase correu, para o hotel Phyllis Wheatley.

Venceu a escada, dois degraus de cada vez, até o saguão. Estava lotado de repórteres brancos dos jornais e de repórteres pretos dos semanários de negros. No meio de tudo, reconheceu o doutor Junius Crookman, alto, magricelo, preto-ébano, com uma pose estudiosa e educada. Junto a ele estavam, de um lado, Henry "Hank" Johnson, o banqueiro do Numbers,[7] e Charlie "Chuck" Foster, o corretor de imóveis, com aparências graves, solenes e possessivas, no meio do fuzuê.

"Sim", contava o dr. Crookman aos repórteres enquanto ansiosamente tomavam nota de suas declarações, "durante meu primeiro ano na faculdade observei uma garota negra na rua, que tinha várias manchas brancas irregulares no rosto e nas mãos. Aquilo me intrigou. Comecei a estudar as doenças de pele e descobri que aquela garota claramente sofria de uma doença dos nervos conhecida por 'vitiligo'. É uma condição bem rara. Tanto negros quanto caucasianos são acometidos, vez por outra, mas é naturalmente mais evidente em negros do que em brancos. Ela remove absolutamente o pigmento da pele e, algumas vezes, transforma complemente um negro em um branco, mas somente após um período de trinta ou quarenta anos. Ocorreu-me que se alguém encontrasse um meio de, artificialmente, induzir e estimular a doença dos nervos, esse alguém poderia solucionar o problema da raça nos Estados Unidos. Meu professor de sociologia disse-me uma vez que só há três maneiras do Negro resolver seu problema nos Estados Unidos", gesticulou com seus dedos longos e delgados, "ir-se embora, tornar-se branco, ou conviver".[8] Já que ele não iria nem poderia ir embora, e convivia só pela indiferença, lhe parecia que a única coisa a fazer era tornar-se branco." Por um momento seus dentes brilharam sob os bigodes bem engomados, então ele voltou à seriedade e prossegui:

"Comecei a dedicar meus estudos ao problema em meu tempo livre. Infelizmente, havia muito pouca informação sobre o assunto neste país. Decidi partir para a Alemanha, mas não dispunha de dinheiro. Foi bem quando perdia as esperanças de custear minhas experiências e estudar no exterior que os senhores Johnson e Foster", indicou os homens com um aceno elegante de mão, "vieram em meu socorro. Naturalmente, atribuo a eles uma boa parte do meu sucesso".

"Mas como é que é feito?" perguntou um repórter.

"Bem", sorriu Crookman, "naturalmente não posso revelar o segredo para além de dizer que é obtido por nutrição elétrica e controle glandular. Certas secreções glandulares são bastante estimuladas, enquanto outras são consideravelmente reprimidas. É um tratamento poderoso e perigoso, mas inofensivo quando feito da maneira adequada."

"E quanto ao cabelo e os traços faciais?", perguntou um repórter negro.

"Também são alterados no processo", respondeu o biólogo. "Em três dias, o negro torna-se, em aparência, completamente caucasiano."

"E essa transformação é passada para os filhos?", insistiu o repórter negro.

"Até agora", respondeu Crookman, "não descobri forma de alcançar algo tão revolucionário, mas sou capaz de transformar uma criança negra em branca em vinte e quatro horas."

"Já tentou em algum negro?", inquiriu um cético jornalista branco.

"Pois claro que já", disse o doutor, com um tanto de irritação, "eu não faria meu anúncio sem ter feito isso. Venha cá, Sandol", chamou, voltando-se para um jovem branco e pálido que estava na periferia da multidão, que era a pessoa com aparência mais nórdica naquela sala. "Este homem é senegalês, um ex-aviador das Forças Aéreas Francesas. É a prova viva do que o que eu afirmo é verdade".

O Dr. Crookman procedeu a exibir uma fotografia de um homem muito negro, que se parecia um pouco com Sandol, mas com cabelo crespo negro, nariz achatado e lábios grossos. "Eis", anunciou com orgulho, "como se parecia Sandol antes de passar por meu tratamento. O que fiz com ele posso fazer a qualquer negro. Está em boas condições físicas e mentais, como todos podem ver".

A multidão ficou devidamente pasma. Após tomarem algumas notas e uma série de fotografias do dr. Crookman, de seus associados e de Sandol, os jornalistas se retiraram. Somente o bonitão Max Disher permaneceu.

"Olá, doutor!", disse, estendendo a mão. "Não se lembra de mim? Sou Max Disher."

"Claro que lembro de você, Max", respondeu o biólogo cordialmente. "Faz tempo que não nos vemos, mas você continua alinhado! Como estão as coisas?"

Os homens apertaram as mãos.

"Ah, vão bem, muito bem. Diga, doutor, quais são as chances de testar essa coisa em mim? Deve estar procurando voluntários."

"Sim, estou. Mas não ainda. Tenho que montar meu equipamento. Acho que vou estar pronto para operar daqui a duas semanas."

Henry Johnson, o mulato socado de queixo liso, banqueiro do "Numbers", riu e cutucou o doutor Crookman. "O velho Max não perde tempo, doutor. Quando esse *nigger* ficar branco, aposto que vai recuperar o tempo que perdeu caçando as branquelas".

Charlie Foster, baixinho, delgado, soturno, da cor do âmbar e lacônico, finalmente falou: "tudo bem, Junius, mais vai ser o diabo quando você embranquecer esses escuros e os bebês mulatos começarem a aparecer por todo lado. O que você vai fazer?"

"Ah, para de lamúrias, Chuck", zombou Johnson. "Não vai botando o carro na frente dos bois. O doutor vai resolver isso, ok? Além disso, vamos estar mais ricos que o Henry Ford quando isso acontecer."

"Não terá dificuldade alguma", garantiu Crookman, um tanto impaciente.

"Vamos torcer que não".

No dia seguinte, os jornais traziam um longo relato da entrevista com o doutor Junius Crookman, ilustrado com fotos dele, de seus financiadores e do senegalês que tinha virado branco. Foi só do que se falou naquela cidade, e logo no país inteiro. Longos editoriais foram escritos sobre a descoberta, associações de ensino assomaram o biólogo negro com ofertas para palestras, as revistas imploravam artigos seus, mas ele dispensou todas as ofertas e recusou-se a explicar seu tratamento. Tal atitude foi criticada como indigna para um cientista e foi insinuado, e mesmo abertamente declarado, que não se poderia esperar outra coisa de um negro.

Mas Crookman ignorou o clamor do público e, com o auxílio financeiro de seus associados, planejou o grande e lucrativo experimento de transformar negros em caucasianos.

O impaciente Max Disher ia ter com o doutor sempre que possível e se mantinha a par dos avanços. Decidiu que seria o primeiro a passar pelo tratamento e não queria perder a vaga por distração. Dois objetivos eram prioridade em sua mente: tornar-se branco e ir para Atlanta. A loura escultural e arrogante estava sempre em seus pensamentos. Estava tomado de paixão por ela e se dava conta de que não teria chances alguma com ela enquanto permanecesse marrom. Todos os dias passava pelo alto edifício que se tornaria o Sanatório Crookman, observando os operários e os caminhões, perguntando-se por quanto mais tempo teria de esperar antes de embarcar naquela grande aventura.

Por fim, o sanatório abriu para negócios. Imensos anúncios apareceram nos semanários negros. O Harlem negro estava na ponta dos pés. Um magote de curiosos, brancos e negros, punha-se diante do austero prédio de seis andares, espiando pelas janelas.

Lá dentro, Crookman, Johnson e Foster circulavam nervosamente enquanto os assistentes apressados colocavam tudo em ordem. Podia-se ouvir o murmúrio da multidão do lado de fora.

"Este é o som do dinheiro, Chuck", trovejou Johnson, esfregando as mãos gorduchas.

"É..." respondeu o agente imobiliário, "mas tem mais uma coisa que eu queria ver como vai ser: e o dialeto dos pretos? Não dá para mudar isso."

"Não é bem assim, caro Foster", explicou o médico. "Não existe isso de 'dialeto dos pretos', a não ser nos livros e no teatro. É um fato bem conhecido pelas pessoas bem informadas que um negro de uma determinada região vai falar o mesmo dialeto dos seus vizinhos brancos. No Sul, não dá para saber, pelo telefone, se você está falando com um homem branco ou um negro. A mesma coisa em Nova York quando um negro do norte está no aparelho. Notei a mesma coisa nas colinas da Virgínia Ocidental ou no Tennessee. Um haitiano com estudos fala o mais puro francês e um negro jamaicano soa exatamente como um inglês. Não há dialetos raciais ou de cor; há apenas dialetos regionais."

"Pode ser", concordou Foster, se remoendo.

"Eu tenho certeza. Além disso, mesmo se meu tratamento não mudasse o chamado 'beiço' dos negros, nem isso seria obstáculo."

"Como assim, doutor?"

"Bem, há um bocado de caucasianos que têm um lábio tão grosso e um nariz tão largo quanto o nosso. Para ser exato, há um bocado de exagero no contraste entre os traços faciais dos negros e dos caucasianos. Isso é culpa principalmente dos cartunistas e cantores de *minstrels*.[9] Alguns negros, como os somalianos, fulas, egípcios, hauçás e abissínios têm lábios e narinas bem finos. Bem como os malgaxes de Madagascar. Somente em certas pequenas regiões da África os negros possuem beiços extremamente pendentes e narinas bem largas. Por outro lado, muitos dos ditos 'caucasianos', particularmente os latinos, judeus e irlandeses do Sul, e frequentemente os mais nórdicos dos povos, como os suecos, exibem lábios e narizes quase negroides. Escureça uns sujeitos brancos e eles podem enganar um morador de Benim. E quando você para para pensar que menos de vinte por cento dos nossos negros não têm nenhuma ascendência caucasiana e que perto de trinta por cento têm ancestrais indígenas, vê-se claramente que não pode haver a tamanha diferença entre os traços faciais dos caucasianos e dos afro-americanos como muita gente imagina."

"Doutor, você entende do seu riscado", disse Johnson, com admiração. "Não presta atenção nesse agourento. Esse aí cata cabelo em casca de ovo."

Houve alguma agitação do lado de fora e ouviu-se uma voz zangada por sobre o zum-zum. Então Max disparou porta adentro com um guarda agarrado ao colarinho de seu casaco.

"Me larga, rapaz", reclamou. "Tenho uma consulta marcada aqui. Doutor, fala para este homem, por favor."

Crookman fez um aceno para o guarda para que soltasse o agente de seguros. "Bem, estou vendo que é pontual, Max."

"Eu falei que comigo é jogo certo, não falei?" disse Disher, inspecionando suas roupas para ver se ficaram amarrotadas.

"Bem, se estiver pronto, vá para a recepção ali, assine o registro e se vista com um daqueles roupões. Você é o primeiro da lista."

Os três sócios olharam um para os outros com um sorriso enquanto Max sumia para uma saleta ao fim do corredor. O doutor Crookman seguiu para o consultório para vestir calças brancas, sapatos e avental. Johnson e Foster foram para o escritório para supervisionar a equipe, enquanto que vultos cobertos de branco disparavam de um lado para o outro nos corredores. Do lado de fora, o murmúrio da multidão ficava cada vez mais audível.

Johnson exibiu seus muitos dentes de ouro em um sorriso largo enquanto contemplava pela janela a fila de negros que já virava a esquina. "Rapaz!", riu para Foster. "Por cinquenta dólares a cabeça, logo logo já entramos no lucro".

"Espero que sim", disse Foster, solene.

Max Disher, portando somente um roupão de hospital e um par de pantufas, foi conduzido até o elevador por dois funcionários vestidos de branco. Desceram no sexto andar e caminharam até o fim do corredor. Max tremia de animação e ansiedade. E se alguma coisa desse errado? E se o doutor cometesse um erro? Ele pensou na excursão todo ano para a Montanha Bear, a amarela da Minnie e seu apartamento colorido, as agradáveis noites no Casino Dahomey dançando com as beldades marrons do Harlem, as coristas empinadas do Teatro Lafayette, as horas que tinha passado no Boogie's e no Honky Tonk Club, e hesitou... Então vislumbrou seu futuro como um homem branco, provavelmente como o marido da loura alta de Atlanta, e com firme resolução, entrou porta adentro da câmara misteriosa.

Ele titubeou ao ver o formidável aparato de níquel refulgente. Parecia um cruzamento entre uma cadeira de dentista e uma cadeira elétrica. Fios e correias, barras e alavancas despontavam, e um grande capacete niquelado, como o elmo de um cavaleiro, pendia acima. A sala tinha apenas uma claraboia e nenhum som exterior a infiltrava. Pelas paredes, caixas de instrumentos e prateleiras de frascos cheios de fluidos de cores estranhas. Ele engoliu em seco de temor e teria saído correndo pelas portas mas os dois assistentes parrudos o mantiveram firmemente, o despiram do roupão e o amarraram à cadeira. Não havia como escapar. Era o começo, ou seria o fim.

Capítulo 2

Devagar e hesitante, Max Disher arrastou-se pelo corredor até o elevador, apoiado de cada lado por um assistente. Sentia-se terrivelmente fraco, esvaziado e com náuseas: sua pele coçava e estava seca e febril; suas entranhas eram como se estivessem quentes e inflamadas. Na medida em que o trio avançava, uma luz verde-azulada vez por outra vazava pelas portas quando um paciente era admitido. Havia um ruído baixo e um estalar de maquinarias e um odor acre enchia o ambiente. Enfermeiras e assistentes uniformizados se apressavam de um lado para o outro em seus afazeres. Tudo era silencioso, ágil, eficiente, sinistro.

Sentia-se tão grato por ter sobrevivido àquela horrível máquina tão parecida com uma cadeira elétrica. Deu-lhe um calafrio a lembrança das horas que passou atado, alimentado em intervalos com poções revoltantes. Porém quando chegaram ao elevador e ele se viu no espelho, ficou estarrecido, estático! Enfim, branco! Fora embora sua tez marrom e macia. Foram embora os lábios carnudos e o nariz etíope. Fora embora aquele cabelo crespo que ele estirava tão meticulosamente desde que as loções chega-de-pixaim haviam livrado os afro-americanos da tirania e tortura do pente quente. Não teria que gastar mais com clareadores de pele; não haveria mais discriminação, nenhum obstáculo em seu caminho. Estava livre! O mundo era sua ostra e ele tinha o abre-te-sésamo para uma pele cor de porco.

O reflexo no espelho deu-lhe uma nova vida e força. Ficou ereto, sem apoio, e sorriu para os dois assistentes, negros altos. "Bem, rapazes", exultou, "estou pronto. Aquela máquina do doutor funcionou perfeitamente. Assim que eu encher a barriga ficarei ok."

Seis horas mais tarde, de banho tomado, alimentado, barbeado, vivaz, louro e jubilante, deixou a ala dos pacientes e saltitou alegremente pelo corredor até a entrada principal. "Chega de crioulos", decidiu-se, "de agora em diante". Olhou com ar superior para a longa fila de pessoas pretas e marrons de um lado do corredor, que esperavam com paciência o tratamento. Viu muitas pessoas que conhecia mas nenhuma delas o reconheceu. Ficou animado por sentir que agora era indistinto de nove décimos da população dos Estados Unidos; era um da grande maioria. Ah, que bom não ser mais negro!

Quando estava para abrir a porta da frente, o braço forte de um guarda o conteve. "Espere um minuto", disse o homem, "e vamos ajudá-lo a passar pela multidão."

Momentos depois, Max se viu no centro de uma carreira de cinco ou seis policiais parrudos, abrindo caminho pela multidão de gente de cor. Do topo da escadaria do sanatório, ele notou a multidão dispersa pela calçada, enchendo a rua e dando voltas na esquina. Cinquenta policiais de trânsito suavam para manter os candidatos a pacientes em fila e longe dos pneus dos táxis e caminhões.

Finalmente, ele alcançou a calçada, exausto por ter se acotovelado e passado espremido multidão, só para ser cercado por um bando de jornalistas e fotógrafos. Como primeira pessoa a passar pelo tratamento, era naturalmente o centro das atenções de uns quinze desses *paparazzi*. Fizeram mil perguntas, todos ao mesmo tempo. Qual era o nome dele? Como ele se sentia? O que iria fazer? Se casaria com uma mulher branca? Continuaria a viver no Harlem?

Max nada diria. Para começo de conversa, pensou, se eles estavam tão ansiosos para saber de tudo, estariam dispostos a pagar. Ele precisava de dinheiro para desfrutar de verdade isso de ser branco, então porque não ganhar algum vendendo a história? Os repórteres, homens e mulheres, imploravam a ele, quase às lágrimas, por uma declaração, mas ele estava irredutível.

Enquanto estavam arengando, um táxi vazio apareceu. Empurrando os repórteres inquisitivos para o lado, Max saltou para o veículo e berrou "Central Park!". Foi o único lugar em que pôde pensar no momento. Precisava de tempo para se recompor e pensar, para planejar seu futuro nesse grande mundo da branquitude. Quando o táxi arrancava, ele se voltou e ficou atônito ao encontrar outra ocupante, uma bela garota.

"Não precisa ficar assustado", ela sorriu. "Sabia que você ia querer fugir da multidão então fui para a esquina e peguei um táxi para você. Venha comigo e você vai se dar bem. Sou repórter do *The Scimitar*. Vamos te dar um bom dinheiro por sua história." Falava rapidamente. O primeiro impulso de Max foi saltar para fora do táxi, mesmo com o risco de dar com a cara contra a multidão de repórteres e fotógrafos de quem havia escapado, mas ele mudou de ideia quando ouviu a menção ao dinheiro.

"Quanto?" perguntou, encarando-a. Ela era muito atraente e ele notou seus tornozelos bem torneados.

"Ah, provavelmente uns mil dólares", respondeu.

"Bem, aí pode ser". Mil dólares! O tanto que ele poderia se divertir com isso! Partiria para a Broadway assim que recebesse.

Enquanto desciam a Sétima Avenida, os meninos jornaleiros gritavam as manchetes: "Ex-tra! Ex-tra! Pretos virando brancos! Pretos virando brancos!... Leiam tudo sobre a gran-de desco-ber-ta! O Jornal, senhor! Jornal... Leiam tudo sobre o doutor Crookman".

Ele recostou-se enquanto atravessavam o parque e ficou admirando a garota a seu lado. Era bem bonita, será que rolaria alguma coisa com ela? Talvez um jantar e um teatro. Era a melhor maneira de começar.

"Qual é mesmo o seu nome?", começou.

"Eu não disse", ela enrolou.

"Bem, mas você tem um nome, não tem?", ele persistiu.

"E se eu tiver?"

"Não está com medo de me dizer qual é, ou está?"

"Porque é que quer saber meu nome?"

"Bem, o que tem de errado em querer saber o nome de uma garota bonita?"

"Bem, meu nome é Smith, Sybil Smith. E agora, está satisfeito?"

"Ainda não. Quero saber mais uma coisa. Quero saber se gostaria de jantar comigo hoje à noite."

"Eu não sei se gostaria, mas só vou saber depois de ter a experiência", riu de modo coquete. Sair com ele, calculou, renderia uma matéria sensacional para o jornal, *A primeira noite de um negro como um caucasiano!* Beleza.

"Você é esperta, hein?", disse, a estudando com os olhos. "Eu vou me amarrar nesse jantar contigo porque você será a única pessoa lá que saberá que eu sou um negro."

No escritório do *The Scimitar*, não levou muito tempo para Max chegar a um acordo e contar sua história para uma estenógrafa e receber um maço de cédulas novinhas. Quando saía do prédio algumas horas depois, com Miss Smith ao braço, os meninos jornaleiros já estavam gritando a edição extra trazendo o primeiro episódio de seu estranho relato. Uma imensa fotografia sua ocupava toda a primeira página do tabloide. Que sorte sua ter dito que seu nome era "David Smalls", pensou.

Estava incomodado e com um pouco de raiva. Porque é que tiveram que botar seu rosto na frente do jornal assim? Agora todo mundo iria saber quem ele era. Tinha se submetido às torturas do doutor Crookman para se livrar desse destaque que a pele negra confere e agora ele virou um destaque porque *antes* tinha uma pele negra! Será que não dá para escapar dessa praga da questão da raça?

"Não se preocupe com isso", o confortou Miss Smith. "Ninguém vai te reconhecer. Há milhares de brancos, milhões, que se parecem com você". Ela tomou o braço dele e o puxou para si. Queria que ele se sentisse à vontade. Não era sempre que uma jornalista pobre e raladora encontrava um sujeito cheio de grana que a levasse para uma noitada. Além disso, o relato que ela escreveria sobre a noite talvez até lhe desse uma promoção.

Caminharam pela Broadway, sob os jatos de luz branca dos letreiros, até um lugar de jantar dançante. Para Max, era como estar no paraíso. Já havia caminhado pela Times Square antes, mas nunca com essa sensação de absoluta liberdade e segurança. Ninguém olhava com curiosidade para ele, por estar com uma garota branca, como tinham feito quando ele viera com Minnie, sua antiga namorada mulata clara. Nossa, como era bom!

Jantaram e dançaram. Seguiram para um cabaré onde, em meio à fumaça, ao barulho e aos odores corporais, beberam o que era supostamente uísque e assistiram às coristas seminuas fazerem seus números. Apesar de sua alegria, Max achou aquilo bem chato. Havia algo faltando naqueles lugares em que os branquelos se divertiam ou, quem sabe, havia algo presente que não se encontrava nos refúgios pretos e marrons do Harlem. A alegria e a farra eram obviamente forçados. Os frequentadores faziam questão de exibir uns aos outros que estavam se divertindo loucamente. E era também tão quieto e contido, diferente do que estava acostumado. Os negros, lhe pareceu, eram muito mais alegres, se divertiam bem mais e mesmo assim eram mais contidos, na verdade mais refinados. Até mesmo a dança era diferente. Acompanhavam o ritmo com precisão, sem esforço e com elegância; estes dançarinos aqui pesadões, fora de compasso metade do tempo e se esforçando como se fossem estivadores esvaziando um navio cargueiro, eram barulhentos, desajeitados, deselegantes. Na melhor das hipóteses, eram como ginastas, enquanto os negros eram sensuais. Sentiu uma momentânea pontada de desgosto, decepção e saudades. Mas foi só momentâneo. Olhou para a atraente Sybil e depois para as outras mulheres brancas, muitas das quais eram bonitas e dispendiosamente vestidas, e a visão temporariamente tirou da mente os pensamentos que o atarantavam.

Despediram-se às três horas, depois que ela deu-lhe seu número de telefone. Estalou uma beijoca na bochecha dele como pagamento, certamente, pela agradável diversão noturna. Um tanto desapontado por ela não ter correspondido à expressa curiosidade dele em conhecer o interior do apartamento, ele instruiu o motorista a conduzi-lo até o Harlem. Ao final de contas, argumentou para si mesmo, tinha que ir buscar suas coisas.

Quando o táxi deixou o Central Park e alcançou a 110ª Avenida, ele sentiu, curiosamente, uma paz. Lá estavam as visões familiares: os inferninhos abertos a noite toda, as barracas de cachorro quente, os vagantes, os pedestres da madrugada, os restaurantes chineses, os táxis cambaleantes, as risadas obscenas.

Não pôde resistir à tentação de saltar na 113ª rua e seguir para o Boogie's, o ponto de encontro de sua turma. Ele bateu na porta, um olho espreitou pelo buraco do visor, avaliou-o criticamente, e desapareceu, fechando o buraco. Silêncio.

Max estranhou. O que estava acontecendo com o velho Bob? Porque não tinha aberto a porta? A brisa gelada de janeiro varria o pórtico onde ele estava e o fazia tremer. Bateu na porta um pouco mais forte, mais insistente. O olho voltou a aparecer.

"Quem está aí?" grunhiu o porteiro.

"Sou eu, Max Disher", respondeu o ex-negro.

"Vá se embora, homem branco. Esse lugar aqui está fechado."

"Bunny Brown está aí?", perguntou Max em desespero.

"Sim, está. Você o conhece? Bem, vou chamá-lo e ver se ele te conhece."

Max esperou no frio por uns dois ou três minutos e então a porta de repente se abriu e Bunny Brown, um tanto hesitante, veio para fora. Ele espiou Max sob a luz da lâmpada da entrada.

"Olá, Bunny", Max o cumprimentou. "Não sabe mais quem eu sou? Sou eu, Max Disher. Reconhece minha voz, não?"

Bunny olhou de novo, esfregou seus olhos e sacudiu a cabeça. Sim, a voz era de Max Disher, mas aquele homem era branco. Mesmo assim, quando ele riu, seus olhos revelaram aquela piscadela sardônica — tão característica de seu amigo.

"Max", esbaforiu, "é mesmo você? Meu deus do céu! Você foi mesmo no doutor Crookman e ele deu um jeito em você... Cala-te boca! Bob, abra a porta. É o velho Max Disher. Ele foi lá no doutor Crookman e ficou todo branco. Está todo engomadinho, com cabelo louro e tudo o mais!"

Bob abriu a porta, os dois amigos entraram, sentaram-se a uma das mesinhas redondas na cave estreita e esfumaçada, e foram logo cercados pelos colegas. Admiraram avidamente sua pele sem cor, comentaram sobre as veias azuis sob a epiderme, tocaram seu cabelo louro-platinado e ouviram de queixo caído sua notável história.

"O que vai fazer agora, Max?", perguntou Boogie, o proprietário negro, esguio e com uma careca reluzente.

"Sei bem o que esse pândego vai fazer", disse Bunny. "Vai voltar para Atlanta, não estou certo, garotão?"

"Errado é que não está", concordou Max. "Vou descer lá, meu irmão, e recuperar o tempo perdido".

"O que quer dizer com isso?", perguntou Boogie.

"Rapaz, eu ficaria a noite inteira te contando e amanhã você não teria entendido nada".

Os dois amigos caminharam pela avenida. Ambos calados. Tinha sido companheiros inseparáveis desde os dias agitados na França. Agora estavam prestes a partir, um para cada lado. Não era como se Max partisse para algum país estrangeiro do outro lado do oceano. Haveria um golfo bem maior a os separar: o grande mar da cor. Ambos pensavam nisso.

"Vai ficar bem solitário sem você, Bunny."

"E eu sem você, garotão".

"Bem, porque é que você não vai e fica branco também e então a gente pode ficar juntos. Te dou o dinheiro."

"Não me diga. Como é que você ficou rico assim de repente?", perguntou Bunny.

"Contei minha história pro *The Scimitar* por mil dólares."

"Pago à vista?"

"Parcelado é que não foi!"

"Tudo certo, então. Eu estou contigo". Bunny estendeu a mão e Max lhe passou uma cédula de cem dólares.

Estavam próximos ao Sanatório Crookman. Ainda que fosse cinco horas da madrugada de domingo, o prédio estava aceso do porão ao teto e o zumbido do motor elétrico podia ser ouvido, grave e poderoso. Um grande letreiro elétrico pendia do telhado ao segundo andar. Representava uma imensa seta com borda verde com as palavras BLACK NO MORE de cima a baixo. Um rosto preto era mostrado na parte de baixo da seta enquanto que a parte de cima exibia um rosto branco para onde a seta apontava. Primeiro aparecia o contorno da seta, então lia-se BLACK NO MORE piscando. Em seguida o rosto negro aparecia na parte de baixo e, começando pela base, as letras iam se acendendo progressivamente até que o topo era alcançado, quando o rosto branco cintilava. Depois disso o letreiro se apagava e todo o processo recomeçava.

Diante do Sanatório estendia-se uma multidão semicongelada de quase quatro mil negros. Um esquadrão anti arruaça armado com rifles, metralhadoras e bombas de gás mantinha uma aparência de ordem. Um cabo de aço esticado de poste a poste mantinha a exasperante massa humana na calçada, fora das pistas de tráfego. Parecia que todo o Harlem estava lá. Quando os dois amigos se aproximavam da multidão, uma ambulância do Hospital do Harlem passou carregando duas mulheres que tinham sido pisoteadas.

Em linha desde a porta até o meio fio estava uma gangue de guardas especialmente durões arrancados das favelas. Irlandeses iracundos do Hell's Kitchen, negros casca-grossa do entorno da 133ª rua com a 5ª Avenida e italianos da pesada do Lower West Side. Conseguiam com dificuldade manter o caminho aberto para os pacientes que entravam e saíam. Junto ao meio fio estavam estacionados os repórteres e fotógrafos.

O ruído subia e amainava. Primeiro vinha o murmúrio, que vinha crescendo e crescendo em volume na medida em que os falantes ficavam mais animados e alcançava o clímax em um rugido animal quando as grandes portas abriam-se e um preto embranquecido aparecia. Então a multidão avançava para espiar e questionar o nórdico postiço. Algumas vezes o ex-etíope ficava assustado com a multidão e saltava de volta para dentro do prédio. Então os guardas durões formavam um corredor humano e o arrancavam para dentro de um táxi. Já outros ex-afro-americanos que saíam do prédio sorriam largamente, apertavam as mãos dos amigos e parentes e começavam a descrever explicitamente sua experiência, enquanto os negros a seu redor admiravam intensamente sua pele branca.

Entre uma aparição e outra, os vendedores de cachorro quente e amendoim ganhavam a vida, assim como muitos batedores de carteira do bairro. Um mulato magrelo, anêmico e com cara de rato foi quase espancado até a morte por uma lavadeira negra gigantesca cuja bolsa ele havia surrupiado. Um negro que vendia batata doce assada fazia fortuna enquanto que os botecos vizinhos, que haviam crescido tanto desde que a Lei Seca fora decretada que muitos dos seus proprietários italianos pagavam impostos de renda substanciais, serviam galões e galões de uma incrivelmente atroz bagaceira.

"Bem, tchau, Max", disse Bunny, estendendo a mão. "Vou entrar e tentar minha sorte."

"Até mais, Bunny. Te vejo em Atlanta. Me escreva."

"Ué, não vai esperar por mim, Max?"

"Nada! Estou cansado dessa cidade."

"Ah, você não me engana, garotão. Sei que está indo procurar aquela garota que você viu no Honky Tonk no Réveillon", gargalhou Bunny.

Max riu contido e enrubesceu levemente. Apertaram-se as mãos e partiram. Bunny entrou no corredor desde o meio-fio, abriu as portas do Sanatório e, sem olhar para trás, desapareceu lá dentro.

Por um minuto ou dois, Max permaneceu, indeciso, no meio da multidão ululante. Inexplicavelmente, sentia-se bem ali no meio daquele povo negro. Aquelas piadas, os pedaços de conversas e as risadas lascivas soavam para ele como música celestial. Por um momento, sentiu a disposição de permanecer entre eles, de volta a compartilhar seus problemas que eles sempre pareciam suportar com uma leveza que ainda não era indiferença. Mas então ele logo se deu conta, com um leve traço de remorso, que o passado tinha ficado irremediavelmente para trás. Ele precisava procurar outros ambientes, outros propósitos, outros amigos, outros amores. Ele agora era branco. Mesmo que quisesse ficar no meio de seu povo, eles ou ficariam com inveja ou suspeitariam dele, como ficavam da maior parte dos mulatos claros e de quase todos os brancos. Não havia alternativa que não a de seguir seu futuro entre os caucasianos o que, de direito, era seu lugar.

No final das contas, pensou, seria uma gloriosa nova aventura. Seus olhos piscavam e sua pulsação acelerava quando ele pensava nisso. Agora poderia ir aonde quisesse, associar-se a qualquer um, ser tudo o que quisesse. Pensou na atraente garota que tinha visto no Honky Tonk Club na noite de ano novo e no campo ampliado no qual poderia selecionar seus amores. Sim, de fato havia vantagens em ser branco. Sentiu-se mais animado e olhou para o povo negro, tão apertado uns aos outros, em seu redor, com um ar de superioridade. Então, voltando a pensar nas suas roupas na pensão da Dona Blandish, no dinheiro em seu bolso e na perspectiva de pela primeira vez ir para Atlanta em um vagão da Pullman como um passageiro, não como um agente ferroviário, ele se virou e abriu caminho em meio à massa.

Caminhou pela rua 139ª Oeste até seu quarto, pisando leve e aspirando o cheiro da manhãzinha. Como era bom estar livre, branco e com grana no bolso. Buscou o espelho no bolso e ficou olhando a si mesmo, de ângulos variados. Passou a mão pelo cabelo louro pálido e secretamente congratulou-se por nunca mais ter de esticar ou ficar com medo de molhar. Admirou avidamente suas mãos brancas e macias com as veias azuis aparecendo. Que milagre o doutor Crookman havia operado!

Quando entrava pela porta, a forma montanhosa da dona da pensão assomou. Ela caiu para trás quando viu o rosto dele.

"O que está fazendo aqui?", quase gritou. "E como conseguiu a chave?"

"Sou eu, Max Disher", ele garantiu, com um sorriso, diante do espanto dela. "não me conhece mais?"

Ela olhou admirada para seu rosto. "É você mesmo, Max? Como diabos você ficou tão branco?"

Ele explicou e mostrou a ela um exemplar do *The Scimitar* com a matéria. Ela ligou todas as luzes da sala para poder ler. Emoções contrastantes passaram por seu rosto, já que Mrs. Blandish era conhecida no mundo dos negócios como Madame Sisseretta Blandish, a especialista em beleza, proprietária do mais afamado salão de estiramento do Harlem. Os negócios já iam mal, ela pensou, com toda a concorrência, e agora vem esse doutor Crookman e vai acabar com tudo.

"Bem", ela suspirou, "suponho que você vai deixar o Harlem e ir morar lá pra cidade. Sempre disse que os *niggers* não têm orgulho da raça."

Desconfortável, Max não respondeu. A mulher gorda e marrom deu de costas com um esbaforido de desdém e desapareceu em um quarto nos fundos do corredor. Ele subiu as escadas com cuidado para fazer as malas.

Uma hora mais tarde, quando o táxi que o levava com sua bagagem atravessava o Central Park, ele estava no melhor dos humores. Iria até a Estação Pennsylvania e tomaria um vagão Pullman direto para Atlanta. Ficaria no melhor hotel. Não iria atrás de nenhum parente. Não, isso seria perigoso demais. Ele só iria zanzar, curtir a vida e zoar dos brancos por dentro. Nossa! Que aventura. Que barato se misturar com os brancos em lugares em que, quando jovem, não ousava entrar. Sentia-se, enfim, como um cidadão americano. Sacudiu as cinzas de seu charuto Panatela pela janela aberta do táxi e afundou no assento sentindo-se em paz com o mundo.

Capítulo 3

Doutor Junius Crookman, aparentando cansaço e desgaste, serviu-se de mais um xícara de café do filtro e, voltando-se para Hank Johnson, perguntou "e o novo aparato elétrico?"

"Está a caminho, doutor. A caminho", respondeu o antigo barão do Numbers. "Acabei de falar com o sujeito essa manhã. Ele disse que vem amanhã, talvez."

"Bem, nós com certeza precisamos dele", disse Chuck Foster, sentado a seu lado no amplo divã de couro. "Não dá para cuidar dos negócios do jeito que está."

"E os outros lugares que você estava comprando?", perguntou o médico.

"Bem, eu comprei a mansão da Avenida Edgecombe por quinze mil, e os operários estão aprontando. Deve ficar pronta para funcionar em uma semana, se não acontecer nada", Foster o informou.

"Se não acontecer nada?", ecoou Johnson. "E o que poderia acontecer? Estamos no topo do mundo, não estamos? Nosso jogo é dentro da lei, não é? Estamos ganhando dinheiro mais rápido do que conseguimos gastar, não estamos? O que poderia acontecer? Esta é a melhor e mais segura jogada em que eu já me meti."

"Ah, nunca se sabe", ponderou o agente imobiliário. "Esses jornais brancos, especialmente no Sul, estão começando a escrever uns editoriais bem pesados contra nós e só estamos operando há duas semanas. Você sabe como é fácil detonar o componente de fanatismo. Antes que a gente se dê conta, vão passar uma lei contra a gente."

"Não se eu chegar ao congresso antes", interrompeu Johnson. "Tem um jeito de lidar com esses brancos. Se você botar o dinheiro para falar, consegue o que quiser."

"Mas isso que o Foster falou tem a ver", disse o doutor Crookman. "Dá uma olhada nesse bando de recortes que recebemos essa manhã. Escuta só: 'A víbora em nosso meio', do *Blade* de Richmond; 'A ameaça da ciência', do *Bugle* de Memphis; 'Um desafio para os homens brancos', do *Sun* de Dallas; 'Polícia enfrenta multidão preta que quer pele branca', do *Topic* de Atlanta; 'Doutor negro admite ter aprendido com alemães', do *North American* de Saint Louis. E essas linhas do editorial do *Hatchet*, de Oklahoma City: 'Há situações em que o bem-estar de nossa raça deve ter precedência sobre a Lei. Mesmo que tenhamos nos oposto sempre à violência da multidão como o pior inimigo do governo democrático, não podemos evitar de sentir que os homens e mulheres brancos e inteligentes da cidade de Nova York que estão interessados na pureza e na preservação da sua raça não devem permitir que o desafio do Crookmanismo passe sem resposta, mesmo que esses crápulas negros estejam dentro da lei. Já há criminosos demais neste país se escondendo sob o manto da Lei.'"

"E, por fim, tem esse do *Tallahassee Announcer* que diz: 'ainda que seja direito de qualquer cidadão fazer o que bem entender com seu dinheiro, o povo branco dos Estados Unidos não pode permanecer indiferente à descoberta de suas horríveis potencialidades. Centenas de negros com peles brancas recém-adquiridas já entraram na sociedade branca e milhares os seguirão. A raça negra, de um lado a outro do país, em duas curtas semanas, enlouqueceu completamente diante da expectativa de se tornar branca. Dia após dia vemos a fronteira cromática que tão laboriosamente estabelecemos ser destruída. Não haveria tanto alarme com isso, se não fosse pelo fato de que esse vitiligo não é hereditário. Em outras palavras, *os filhotes desses negros embranquecidos serão negros!* Isso quer dizer que sua filha, tendo se casado com um homem supostamente branco, pode acabar com um bebê negro nas mãos! Será que os orgulhosos homens brancos do Sul vão esquecer suas tradições a ponto de ficarem inertes frente à tal maquinação diabólica?'"

"Não precisa se lamuriar", aconselhou Johnson. "Não vão nos incomodar, mesmo que os branquelos lá do Sul toquem o terror. Escuta só a doce música da multidão lá fora! Cada grito vale cinquenta pratas. A gente só não está ganhando mais dinheiro por falta de espaço."

"Verdade", concordou Dr. Crookman. "Estamos convertendo cem por dia, há quatorze dias." Recostou-se e acendeu um cigarro.

"E a cinquenta pratas por cabeça", interrompeu Johnson, "o que quer dizer que recebemos setenta mil dólares. Nossa, nem sabia que tinha tanta grana rolando no Harlem."

"Isso mesmo", continuou Crookman, "estamos faturando trinta e cinco mil por semana. Assim que você e o Foster aprontarem o outro lugar, vamos ganhar o dobro disso".

Do corredor vinha a voz do atendente monotonamente repetindo suas instruções. "Não, o doutor Crookman não pode receber ninguém... Doutor Crookman não tem nada a comentar... Doutor Crookman vai emitir uma declaração no momento apropriado... Cinquenta dólares... Não, o doutor Crookman não é um mulato... Sinto muito, não posso responder essa pergunta."

Os três amigos permaneceram em silêncio entre o zum-zum da agitação em torno deles. Hank Johnson tinha um sorriso na ponta do charuto enquanto pensava em sua carreira variada e frenética. E pensar que agora ele era um dos principais negros do mundo, aquele que tinha uma participação ativa e importante na solução do problema mais agoniante da vida norte-americana, e há apenas dez anos ele fazia trabalhos forçados em uma prisão da Carolina. Por dois anos ele labutou nas estradas sob a vigilância e o rifle do cruel guarda branco; dois anos apanhando, sendo chutado e insultado, com comida ruim e celas infestadas; dois anos só por ter participado de um joguinho. Então se mandou para Charleston, conseguiu um trabalho em um salão de bilhar, teve um golpe de sorte com os dados, veio para Nova York e caiu bem em cima da parada do Numbers. Tornando-se um coletor, ou "cobrador", conseguiu mandar bem o suficiente para se tornar logo um "banqueiro". O dinheiro vertia dos negros doidos para arriscar um centavo na esperança de ganhar seis dólares. Alguns ganhavam, mas a maioria perdia, e ele prosperou. Tinha comprado um apartamento, subornado a polícia, se metido com o negócio de fianças,[10] doado uns dois mil dólares para o Avanço da Arte Negra e foi eleito Grande e Permanente Shogun da Ancestral e Honorável Ordem dos Crocodilos, a maior e mais próspera irmandade secreta do Harlem. Então veio o jovem Crookman com a proposta. A princípio, hesitou em ajudá-lo, porém mais tarde foi convencido a fazê-lo, quando o jovem amargamente reclamou que os negros que enriqueciam não queriam ajudar a pagar seus estudos no exterior. E que golpe de sorte cair nesse negócio bem no começo! Eles estariam mais ricos que Rockfeller dentro de um ano. Doze milhões de negros, a cinquenta pratas por cabeça! Que beleza! Hank expectorou regiamente no cuspidor do outro lado do escritório e recostou-se contente nas fofas almofadas do divã.

Chuck Foster também avaliava sua carreira. Sua vida não tinha sido tão colorida quanto a de Hank Johnson. Filho de um barbeiro de Birmingham, ele tinha desfrutado das vantagens educacionais que a comunidade permitia ao irmão mais escuro; tornou-se um professor, um securitário e um agente social, em sequência. Então, com a onda de migração, foi-se para Cincinnati, então para Pittsburgh e, finalmente, a Nova York. Então o negócio imobiliário, excepcionalmente lucrativo dada a escassez de apartamentos para a crescente população negra, o capturou. Cauteloso, cuidadoso, frugal e desprovido de sentimentalismos, ele prosperou, mas não sem alguns infames rumores sendo espalhados a respeito de seus métodos de trabalho incisivos. Na medida em que ascendia a sociedade do Harlem, foi tentando melhorar sua reputação de negócios questionáveis e práticas duvidosas, o que era verdade para o grosso dos seus colegas no ramo imobiliário no distrito, doando somas consideráveis para as Associações Cristãs de Moças e de Moços, oferecendo bolsas de estudo para jovens negros, elaborando encontros para os quais os negros enricados da comunidade eram convidados. Ficou feliz em poder subsidiar os estudos de Crookman no exterior quando Hank lhe apontou as possibilidades da empreitada. Agora, ainda que os resultados tivessem superados em muito seus sonhos mais desvairados, seu espírito naturalmente conservador e tímido o deixava um tanto pessimista quanto ao futuro. Ele imaginava centenas de resultados negativos das suas atividades e bem no dia anterior havia aumentado o valor de seu seguro de vida. Sua mente estava cheia de dúvidas. Não gostava de tanta publicidade. Queria uma espécie de popularidade discreta, mas não a notoriedade.

Apesar do café e dos cigarros, o doutor Junius Crookman estava com sono. A responsabilidade, a necessidade de supervisionar o trabalho dos médicos e das enfermeiras, a insistência da imprensa e dos profissionais da medicina para que revelasse os segredos de seu tratamento e mil outros detalhes agonizantes o impediam de tirar o descanso de que precisava. Ele, na verdade, passava a maior parte do tempo no Sanatório.

Essa atividade frenética era novidade para ele. Até um mês atrás, seus trinta e cinco anos tinham transcorrido em paz e, na maior parte, nos estudos. Filho de um clérigo episcopal, nascera e fora criado em uma cidade no interior do estado de Nova York, as pessoas com quem convivia eram cuidadosamente selecionadas para protegê-lo o quanto fosse possível da psiquê derrotista tão prevalecente entre os jovens negros americanos e lhe foi dada todas as oportunidades e estímulos para que aprendesse sua profissão e se tornasse um homem extensivamente culto e civilizado. Seus pais, ainda que fossem pobres, estavam orgulhosos e gabavam-se de pertencer à aristocracia negra. Ele teve que trabalhar enquanto estudava na faculdade, por conta do colapso da saúde de seu pai, mas teve pouco contato com a crueza, aspereza e crueldade da vida. Foi monotonamente bem sucedido, mas sensato o suficiente para acreditar que uma boa parte disso fora, como na maioria dos êxitos, por sorte. Enxergava em sua grande descoberta a solução para o mais excruciante problema na vida norte-americana. Obviamente, raciocinava, se não houvesse negros, não haveria o Problema Negro. Sem o Problema Negro, os norte-americanos poderiam concentrar sua atenção em algo construtivo. Através de seus esforços e das atividades da Black-No-More SA, seria possível alcançar o que os protestos, a educação e a legislação haviam fracassado em conseguir. Ficou ingenuamente surpreso em ver oposição à sua obra. Como a maioria dos homens com uma visão, um plano, um programa ou uma solução, ele ternamente imaginava que as pessoas seriam inteligentes o suficiente para aceitar uma coisa boa quando se lhes fosse oferecida, o que é uma prova conclusiva de que pouco entendia sobre a raça humana.

O Dr. Crookman tinha orgulho acima de tudo de ser um amante da sua raça. Havia estudado sua história, lido sobre suas agruras e batalhas, e se mantido a par das suas conquistas. Era assinante de seis ou sete semanários negros e duas revistas. Estava tão interessado no contínuo progresso dos negros norte-americanos que queria remover todos os obstáculos em seu caminho ao desprovê-los de suas características raciais. Sua casa e seu escritório eram repletos de máscaras africanas e pinturas de negros feitas por negros. Era o que na sociedade negra chamavam de "homem da raça". Estava vinculado a tudo o que era negro, exceto as mulheres negras — sua mulher era uma garota branca de remota ascendência negra, o tipo que os negros costumam descrever como "passável por branca". E quando estava no exterior passava seu tempo livre perscrutando bibliotecas em busca de fatos e conquistas dos negros, enquanto tinha casos com atraentes e disponíveis *Fraus* e *Fräuleins*.

"Bem, doutor", disse Hank Johnson, de repente, "é melhor ir para a casa e dormir um pouco. Não vale a pena se matar aqui. Tudo vai estar certo amanhã, não tem com o que se preocupar."

"E como é que ele vai sair daqui com aquela multidão aí em frente?", inquiriu Chuck. "É preciso um tanque para passar por essa multidão de escuros."

"Ah, já resolvi tudo, sua ave de mau agouro", comentou Johnson, casualmente. "Só tem que descer até o porão e sair pelos fundos, para o beco. Meu carro vai estar lá esperando por ele."

"É muita gentileza sua, Johnson", disse o médico. "Estou morto de sono. Acho que serei um novo homem se conseguir algumas horas de sono".

Um homem negro em uniforme branco abriu a porta e anunciou: "senhora Crookman!". Manteve a porta aberta para a passagem da pequena e bem-vestida esposa entrar. Os três homens levantaram-se de pronto. Johnson e Foster ficaram admirando a linda moreninha enquanto faziam uma vênia, pensando em como seria fácil para ela "passar-se por branca", o que seria meio que como um pedaço de carvão querendo se passar por preto.

"Querido", ela exclamou, voltando-se para o marido. "Porque não vem para casa e descansa um pouco? Vai ficar doente se continuar assim."

"Justamente o que estava dizendo para ele, senhora Crookman", Johnson se apressou em falar. "Já providenciamos tudo para ele ir."

"Bem, então, Junius, é melhor a gente ir", disse decisivamente.

Vestindo um casacão sobre seu uniforme branco, doutor Crookman, desgastado e esgotado, meramente seguiu sua esposa porta afora.

"Que garota bonita, a senhora Crookman", observou Foster.

"Bonita mesmo!", ecoou Johnson, com um assombro zombeteiro. "*Nigger*, essa é uma mulher de parar o trânsito. O doutor diz que ela é de cor, e ela diz isso, mas para mim ela parece bem é branca."

"Nem tudo que parece branco é branco neste país", respondeu Foster.

Enquanto isso, as instituições financeiras do Harlem estavam em agitação febril. No Banco Douglass, os caixas estavam mais atarefados que os contrabandistas de álcool na véspera de Natal. Ainda por cima estavam com desfalques de pessoal com a misteriosa ausência de Bunny Brown. Uma longa fila de negros ocupava a lateral do banco, passava pela porta e dobrava a esquina, enquanto os assistentes do banco ralavam para mantê-los em linha. Todos estavam sacando dinheiro, ninguém depositava. Em vão os funcionários do banco imploraram para que eles não sacassem seus fundos. Os negros estavam decididos: todos queriam seu dinheiro e o queriam para já. Era todo dia assim desde que a Black-No-More SA tinha começado a transformar os negros em brancos. No começo, esforços foram feitos para dispersar e intimidar os correntistas, mas sem sucesso. Aquela gente não estava para brincadeira. Uma vida inteira sendo negros nos Estados Unidos os havia convencido da grande vantagem de ser branco.

"Homem, do que você está falando?" escarneceu uma gordona do Caribe que um funcionário tentava dissuadir de sacar seu dinheiro. "Esse aqui é meu dinheiro, não é? Vocês usam meu dinheiro, não usam? Não vem com isso de que eu não devo sacar... Me dá logo meu dinheiro ou vou quebrar tudo aqui!"

"Está encerrando sua conta, senhor Robinson?", perguntou um caixa mulato de voz suave para um negrão estivador.

"Abrindo é que não estou", foi a réplica. "E eu quero tudo o que tem aí. Nem vem."

Cenas similares aconteciam na Wheat Trust e na agência local dos Correios.

Um transeunte observador poderia notar um êxodo geral naquela localidade. Caminhonetes de mudança estavam paradas ao lado dos prédios em quase todos os quarteirões.

As placas de "aluga-se" apareciam em quantidade que o Harlem nunca tinha visto em vinte e cinco anos. Os proprietários viam desolados como os apartamentos iam um a um esvaziando sem ter quem os ocupasse. Mesmo a recusa em devolver as cauções não impedia que os inquilinos deixassem os imóveis. E o que eram mesmo esses cinquenta, sessenta ou setenta dólares quando se estava deixando para trás o insulto, o ostracismo, a segregação e a discriminação? Além disso, os negros embranquecidos estavam economizando um bom dinheiro com a possibilidade de mudar de endereço. A mecânica do preconceito de cor os havia encurralado na congestionada região do Harlem onde, à mercê dos corretores brancos e negros, foram pressionados a pagar alugueres exorbitantes já que a demanda por habitação superava em muito a oferta. Em geral, os negros estavam pagando 100% mais que os inquilinos brancos em outras partes da cidade, por uma quantidade menor de quartos e com piores serviços públicos.

Os prestamistas e lojas da região também estavam começando a sentir os resultados das atividades da Black-No-More SA. Os cobradores relatavam sua dificuldade em localizar certas famílias, ou as mercadorias que elas haviam comprado a prazo. A maioria dos negros, dizia-se, havia vendido sua mobília para lojas de segunda-mão e desaparecido com o dinheiro para dentro da massa de cidadão brancos.

Ao mesmo tempo, parecia haver mais gente branca nas ruas do Harlem do que a qualquer tempo dos últimos anos. Muitos deles pareciam ser bem íntimos dos negros, rindo, conversando, jantando e dançando em modos não muito caucasianos. Esse tipo de relação costumava ser observada de noite, mas raramente à luz do dia.

Negros forasteiros, do Oeste e do Sul, que ficaram sabendo das boas novas, podiam ser vistos nas ruas e espaços públicos, esperando pacientemente sua vez no Instituto Crookman.

Madame Sisseretta Blandish estava sentada, inconsolável, em uma poltrona junto à porta da frente de seu decorado salão de estiramento de cabelo, olhando desolada o fluxo de pedestres e do tráfego. As duas últimas semanas tinham sido pesadas para ela. Tudo saía, nada entrava. Ela esteve muito bem seguindo sua vocação por anos a fio, e era aclamada pela comunidade como uma líder nos negócios. Por sua proeminência como proprietária de um bem sucedido empreendimento dedicado a fazer os negros se parecerem o máximo possível com os brancos, ela fora recentemente reeleita pela quarta vez Vice-Presidente da Liga do Orgulho da Raça Negra. Era também diretora do comitê feminino da filial novaiorquina da Liga Pela Igualdade Social e ocupava um papel importante nas políticas republicanas locais. Mas todas essas honrarias rendiam pouco ou nenhum dinheiro. Não a ajudavam a pagar o aluguel ou os volumosos vestidos que requisitava para cobrir sua polpuda figura de amazona. Naquele dia mesmo seu locador havia lhe trazido a triste notícia de que queria o dinheiro ou então imóvel vago.

Onde, ela se perguntava, iria conseguir o dinheiro? Como a maioria dos novaiorquinos, ela construiu uma fachada impressionante com muito pouca grana por detrás, sempre na esperança que no dia seguinte viesse a sorte grande. Já tinha dois terços do aluguel, por força de muito pedir emprestado, e se pudesse "fazer" algumas carapinhas, estaria a salvo; mas quase ninguém tinha atravessado sua porta nos quinze últimos dias, somente duas ou três garotas judias da cidade que subiam ao Harlem regularmente para estirar o cabelo para passarem pela inspeção do mundo nórdico. As mulheres negras, ao que parece, a tinham abandonado. Dia após outro ela viu suas freguesas passarem apressadas sem nem olhar para seu lado. Era uma verdadeira revolução acontecendo na sociedade negra.

"Ei, senhorita Simpson!", gritou a estiradora de cabelos para uma jovem que passava. "Não vai nem me dizer 'olá'?"

A jovem estacou relutante e aproximou-se da porta. Seu rosto marrom parecia tenso. Duas semanas atrás ela seria considerada uma rara visão porque seu cabelo crespo não estava esticado, estava apenas penteado, escovado e caprichosamente preso para cima. A senhorita Simpson havia jurado não gastar nem mais um dólar "consertando" o cabelo quando só lhe faltavam quinze dólares para largar em definitivo a raça negra.

"Desculpe, senhora Blandish", desculpou-se, "mas juro que não a havia visto. Estou tão ocupada que não tenho olhos para nada que não seja o trabalho ou a casa. Você sabe, estou por minha conta agora. Sim, Charles saiu faz duas semanas e eu não tive notícias dele desde então. Acredita nisso? Depois de tudo o que eu fiz por aquele *nigger*. Ah, mas deixa que daqui a pouco vai ser minha vez. Com mais uma semana de trabalho eu me arrumo."

"Hmpf", esbravejou Madame Blandish. "É só nisso que vocês *niggers* pensam esses dias. Porque não vem aqui? Se eu não correr e conseguir algum dinheiro, vou ter que fechar esse lugar e ir procurar trabalho."

"Bem, sinto muito, senhora Blandish", murmurou a garota, indiferente, se apressando para a esquina para pegar o bonde que se aproximava, "mas acho que vou ter que aguentar com esse cabelo ruim até sábado de noite. Sabe que eu já aguentei muito por ser escura nesses meus vinte e dois anos e que não posso perder essa oportunidade... bem", falou por cima do ombro, "adeus! Até mais."

Madame Blandish acomodou seus 120 quilos de volta na poltrona e suspirou profundamente. Como todos os negros norte-americanos, ela tinha desejado ser branca quando era jovem, antes de entrar nos negócios e tornar-se uma pessoa relevante na comunidade. Agora já tinha vivido o suficiente para não ter mais ilusões sobre a mágica da pele branca. Gostava de seus negócios e gostava de sua posição social no Harlem. Como uma mulher branca, teria que recomeçar do zero, e não tinha tanta certeza de si. Lá, pelo menos, ela era alguém. No grande mundo caucasiano ela seria só mais uma mulher branca, e elas estavam em baixa no mercado, com o declínio simultâneo do cavalheirismo, das taxas de casamento e da prostituição profissional. Já tinha visto demais mulheres brancas mais velhas, grisalhas, esfregando o chão ou ralando nas cozinhas para não saber o que significava ser apenas mais uma mulher branca. Mesmo assim ela admitia que seria bom deixar de ser o alvo das piadas e dos preconceitos.

A madame estava em maus lençóis, assim como centenas de outros no estrato superior da vida do Harlem. Com as massas negras os abandonando, que alternativa teriam eles senão ir atrás deles? É verdade, apenas umas poucas centenas de negros haviam desparecido de seus cantos, mas sabia-se que milhares, dezenas de milhares e, sim, milhões, os seguiriam.

Capítulo 4

Matthew Fisher, vulgo Max Disher, juntou-se à multidão do Domingo de Páscoa, girando sua bengala e admirando as belas melindrosas que passavam com risinhos em sua elegância primaveril. Pois há três meses ele vinha zanzando pela capital da Geórgia na esperança de vislumbrar aquela linda garota que na noite de Ano Novo em Nova York havia lhe dito que "nunca dançava com *niggers*". Havia procurado diligentemente em quase cada estrato da sociedade de Atlanta, mas fracassara em encontrá-la. Havia centenas de donzelas louras, altas e lindas na cidade; procurar uma específica, cujo nome ele desconhecia, era como procurar um certo judeu russo no Bronx ou um determinado gângster italiano em Chicago.

Por três meses ele sonhara com a garota, cuidadosamente consultando as colunas sociais dos jornais locais na esperança de que a foto dela fosse publicada. Como a maioria dos homens que foram desprezados por uma bela garota, seu desejo ficava cada vez maior.

Não estava achando a vida de homem branco tão rosada quanto imaginava. Foi forçado a concluir que era bem chata e que ele estava entediado. Quando era garoto, foi ensinado a admirar os brancos como se fossem quase deuses. Agora ele os achava não muito diferentes dos negros, exceto por serem uniformemente menos cordiais e menos interessantes.

Por vezes, quando o desejo pela companhia alegre, desprendida e jovial dos negros tomava conta dele, ele ia para a Avenida Auburn e dava voltas pela vizinhança, prestando atenção nos negros e ouvindo as conversas e brincadeiras. Mas ninguém por lá o queria por perto. Era um homem branco, portanto suspeito. Somente as negras que dirigiam as "Casas das primas" no alto das colinas é que queriam sua companhia. Só restava para ele a sociedade dura, materialista, mesquinha, mal-educada dos brancos. Outras vezes uma leve sensação de arrependimento de ter abandonado seu povo passava por sua mente, mas essa fugia frente às dolorosas memórias das experiências do passado, naquela que era sua cidade natal.

O ilógico, irracional preconceito de cor da maioria das pessoas com quem teve de lidar o deixava furioso. Muitas vezes ria, cinicamente, quando algum branco bruto, ignorante, verbalizava sua opinião sobre a mentalidade e a moral inferiores dos negros. Fazia parte agora da sociedade branca, e podia compará-la com a sociedade que havia conhecido enquanto era negro, em Atlanta e no Harlem. Que decepção era em relação à boa disposição, sofisticação, refinamento e cinismo gentil com que estava acostumado como jovem popular no bairro negro de Nova York. Não conseguia articular esse sentimento, mas estava consciente de sua reação mesmo assim.

Na última semana, vinha pensando seriamente em arranjar um emprego. Seus mil dólares tinham minguado para menos de cem. Teria de encontrar alguma fonte de renda e, ainda assim, todos os jovens brancos com quem tinha falado a respeito reclamavam que trabalho andava bem escasso. Ser branco, ele concluiu, não era nenhum

Abre-te-Sésamo para o emprego, visto que ele procurara em bancos e agências de seguro, sem sucesso.

Durante seu período de ócio e de boa vida, ele havia acompanhado as notícias e as opiniões da imprensa local e confessava-se surpreso com a atitude antagonista dos jornais em relação à Black-No-More SA. Do ponto de vista privilegiado de ter sido negro, podia ver como os jornais estavam atiçando o preconceito de cor das pessoas brancas. Os empresários, descobriu, também estavam amargamente contrários ao doutor Crookman e a seus esforços em promover a democracia cromática na nação.

A atitude daquela gente o intrigava. Não estava justamente a Black-No-More os livrando dos negros, a quem era atribuída toda a culpa pelo atraso do Sul? Então lembrou-se do que um palestrante negro havia dito na essquina da Rua 138 com a Sétima Avenida em Nova York: que a mão de obra desorganizada significa mão de obra barata; que a garantia de mão de obra barata era um meio eficiente de atrair novas indústrias para o Sul; que, enquanto as massas brancas ignorantes permanecessem intencionalmente preocupadas com a ameaça do negro para a pureza da raça caucasiana e o controle político, eles não precisavam se preocupar em organização da mão de obra. Veio enfim a Matthew Fisher a percepção de que o tratamento da Black-No-More ameaçava mais o negócio dos brancos do que a mão-de-obra dos brancos. E não demorou muito a tomar consciência das possibilidades pecuniárias envolvidas na presente situação.

Mas como ele conseguiria? Ninguém o conhecia e ele não pertencia a nenhuma organização. Era uma mina de ouro aberta, mas como ele poderia alcançar o filão? Coçou a cabeça pensando no problema, mas não conseguiu chegar a uma solução. Quem, que fosse de sua confiança, se interessaria?

Estava elucubrando sobre a questão na segunda-feira depois da Páscoa, enquanto tomava seu café-da-manhã em um restaurante quando percebeu um anúncio em um jornal largado na poltrona ao lado. Ele leu e releu.

CAVALEIROS DE NÓRDICA

Buscam 10.000 homens e mulheres brancos para juntarem-se à luta pela Integridade Racial Branca

Konklave Imperial esta noite

A integridade racial da Raça Caucasiana está sob ameaça pelas atividades de um negro cientista Belzebu em Nova York

Unamo-nos antes que seja
TARDE DEMAIS!

Compareça ao Salão Nórdica esta noite.
Entrada Franca.

Rev. Henry Givens, Grão Mago Imperial

Lá estava, concluiu Matthew, a oportunidade que tanto procurava. Provavelmente, ele conseguiria chegar a esse sujeito Givens. Terminou sua xícara de café, acendeu um charuto e, após pagar a conta, saiu para uma caminhada pela rua Peachtree.

Tomou o bonde até o Salão Nórdica. Era um edifício grande, sem pintura, com cara de celeiro, com um par de escritórios e um imenso auditório nos fundos. Uma faixa recém-pintada, indicando "Os Cavaleiros de Nórdica", se estendia na frente da construção.

Matthews parou por um momento para avaliar o tamanho do prédio. Esse Givens deve ter muita grana, pensou, para bancar um espaço tão grande. Não seria má ideia descobrir mais sobre ele antes de entrar.

"Esse tal do Givens é um manda-chuva por aqui, não é?", perguntou ao rapaz na lanchonete do outro lado da rua.

"Sim, senhor! É um dos maiores aqui na cidade. Costumava ser um chefão ou coisa assim na velha Ku Klux Klan, antes que ela morresse.[11] Está começando agora com isso aí de 'Cavaleiros de Nórdica'."

"Ele deve ter uma grana firme."

"Deve sim", respondeu o bebedor de refrigerante. "Meus colegas me falaram que ele estava em cima do dinheiro quando estava com a Klan."

Ali, pensou Matthew, era o lugar exato para ele. Pagou por seu refrigerante, atravessou a rua até a porta marcada "escritório". Sentiu um leve tremor de ansiedade quando girava a maçaneta e entrava. Apesar da pele branca, ele ainda possuía o medo que a Klan e organizações parecidas infligiam na maioria dos negros.

Uma estenógrafa um tanto bonita lhe perguntou o que lhe trazia ali, quando ele chegava à ante-sala. É melhor ser ousado, pensou. Aquela seria provavelmente a melhor oportunidade de não ter que arrumar emprego, e seus fundos estavam cada vez mais baixos.

"Por favor, diga ao Reverendo Givens, o Grão Mago Imperial, que o senhor Matthew Fisher, da Sociedade Antropológica de Nova York, anseia ter uma conversa de uma meia-hora com ele a respeito de sua nova empreitada." Matthew falava com um tom firme e profissional, olhando profundamente.

"Sim, senhor!", quase sussurrou a mocinha pasma. "Eu direi a ele". Ela foi-se para o interior do escritório e Matthew riu discretamente para si. Estava se perguntando se conseguiria impressionar aquele velho charlatão tão fácil quanto enganara a garota.

O Reverendo Henry Givens, Grão Mago Imperial dos Cavaleiros de Nórdica, era baixote, enrugado, quase calvo, com uma voz bovina, um ex-evangelista ignorante que vinha das colinas do interior ao norte de Atlanta. Havia ajudado a organização da Ku Klux Klan depois da Grande Guerra e havia operado com zelo que só era comparável com sua gratidão a Deus por ter escapado da precária existência de pastor itinerante salvador de almas.

Não apenas tinha o Reverendo Givens labutado diligentemente para aumentar o prestígio, poder e amplidão da defunta Ku Klux Klan, mas também tinha sido um funcionário empenhado em sacar o máximo de dinheiro que conseguia da tesouraria. Havia se convencido, como os outros membros, que esse roubo não era roubo nenhum, apenas uma mera apropriação de uma merecida recompensa por seus valiosos serviços. Quando os imbecis começaram a se cansar de sustentar o espetáculo e o fluxo de contribuições de dez dólares dos membros começou a secar, Givens pôde se aposentar com elegância e viver da renda de seu patrimônio.

Depois, quando os jornais começaram a relatar as atividades da Black-No-More SA, ele teve uma visão da obra que precisava ser feita, e fundou a Cavaleiros de Nórdica. Até então ele só contava com cem membros, mas tinha grandes esperanças no futuro. Aquela noite seria decisiva. A perspectiva de um caixa polpudo onde ele pudesse mais uma vez se enfiar fazia brilhar seus olhinhos cinzentos e suas mãos ossudas coçarem.

A estenógrafa o interrompeu para anunciar o recém-chegado.

"Hmm...", disse Givens, meio que para si mesmo. "Sociedade Antropológica de Nova York, não é? Esse sujeito deve saber de alguma coisa. Pode ser que sirva para nosso negócio... Tudo bem, manda ele entrar!"

Os dois homens apertaram as mãos e agilmente avaliaram-se mutuamente. Givens acenou para Matthew se sentar.

"Como posso servi-lo, senhor Fisher?", começou, em um tom sepulcral que escorria unguento.

"Está mais para", retorquiu Matthews com sua melhor lábia de vendedor, "como *eu* posso servir ao senhor e à sua valiosa organização. Como antropólogo eu tenho, é claro, há muito me interessado no trabalho a que você tem se dedicado. Sempre me pareceu que não há questão mais importante na vida norte-americana que esta de preservar a integridade da raça branca. Sabemos muito bem qual foi a sina daquelas nações que permitiram ter o sangue poluído pelo de raças inferiores." (Ele havia lido algum argumento como esse no suplemento dominical um tempo atrás, que era tudo o que ele sabia sobre antropologia.) "Essa recente ameaça do Black-No-More é a mais formidável que os Estados Unidos brancos já tiveram de encarar desde a fundação da república. Como residente de Nova York, estou a par, é claro, da extensão das atividades desse negro Crookman e de seus dois associados. Já são milhares de pretos que passaram para a raça branca. Não satisfeitos em operar em Nova York, abriram seus sanatórios em vinte outras cidades, de uma costa a outra. Abrem praticamente uma por dia. Em sua publicidade, nos jornais dos pretos, eles se gabam de transformarem quatro mil negros em brancos todos os dias." Comprimiu as sobrancelhas louras. "Pode ver o tamanho da ameaça? Nessa velocidade não haverá um negro no país daqui a dez anos, se você considerar que a taxa está aumentando a cada dia, na medida que mais sanatórios são abertos. Não vê que alguma coisa tem que ser feita imediatamente? Não vê que o Congresso tem que ser sacudido; que esses lugares têm de ser fechados?". O jovem olhava com indignação beligerante.

O Reverendo Givens via, sim. Concordava com a cabeça a cada argumento de Matthew, que sentia-se na glória de sua recém-descoberta eloquência e concluía que aquele pálido e bem apanhado jovem, com sua língua veloz, sua sinceridade, sua habilidade científica e seu conhecimento da situação seria um valioso ativo para o Cavaleiros de Nórdica.

"Tentei sensibilizar algumas agências em Nova York", continuou Matthew, "mas estão todas cegas frente a essa ameaça e ao papel que elas têm. Foi quando alguém me falou do senhor e da sua valiosa obra, então decidi vir até aqui e ter essa conversa consigo. Minha intenção era a de sugerir a organização de uma ordem secreta militante tal como a que começou, mas como já viu a necessidade de tal ordem, quero pôr à disposição meus serviços como um cientista, familiar com os fatos e capaz de apresentá-los a seus membros."

"Ficaremos muito contentes", trovejou Givens, "muito contentes, de fato, irmão Fisher, de tê-lo conosco. Precisamos de você. Acredito que pode nos ser de grande auxílio. Estaria, er..., interessado em se apresentar diante das massas na reunião de hoje à noite? Nos ajudaria muito a engajar novos membros se estivesse disposto a subir lá e contar à plateia o que acaba de relatar sobre o progresso dessa nefasta corporação de *niggers* em Nova York."

Matthew fingiu que refletia sobre o assunto por um minuto ou dois e logo concordou. Se ele tivesse sucesso no encontro, com certeza entraria para a equipe. Uma vez lá, partiria para o objetivo maior. Diferente de Givens, ele não acreditava em nada daquela bobagem de integridade racial e não tinha nenhuma confiança nas massas brancas que ele acreditava, estavam destinadas a se bandear para o Cavaleiros de Nórdica. Pelo contrário, ele as desprezava e odiava. Tinha o medo justificável que o negro comum sentia dos pobres brancos, e só planejava usá-los como degrau para chegar ao dinheiro de verdade.

Quando Matthew saiu, Givens congratulou-se pelo fato de ter conseguido atrair um talento assim para a organização, bem no seu começo. Suas ideias eram mesmo sólidas, para os cientistas de Nova York ficarem impressionados com elas. Ele se esticou e puxou o dicionário e abriu o calhamaço na letra A.

"Vejamos...", murmurou. "Antropologia. Melhor entender direito o que é esse troço antes de sair falando... Hmm... Hmm... Aquele rapaz deve ser muito bom nisso." Leu e releu a definição da palavra sem compreendê-la, fechou o dicionário e o atirou para longe. Depois, cortou um grosso pedaço de tabaco para mascar, refestelou-se na poltrona giratória para repousar depois do exercício mental extraordinário.

Matthew voltou feliz para seu hotel... "Estou vivo!", gargalhou para si mesmo. "Que golpe de sorte! O velho Max vai dar a volta por cima... Se vou falar para eles? Bem, ficar quieto é que não vou!" Sentia-se tão encantado pela perspectiva de chegar perto de uma grana de verdade que se ofereceu um caro jantar, seguido de um charuto de vinte e cinco centavos. Mais tarde, inquiriu sobre o velho Givens ao detetive da casa, um nativo de Atlanta.

"Ah, ele é cheio da grana, o velho charlatão!", observou o detetive. "Eu me dano e não entendo como essa gente ignorante entra com o dinheiro, mas é isso. É dono da casa mais bonita que você pode encontrar por aqui e aposto que deve estar tramando a próxima jogada."

"Acha que ele vai conseguir alguma coisa com isso?", perguntou Matthew, de modo inocente.

"Irmão, você não deve ser dessas terras. Esses malditos desses branquelos ignorantes caem em qualquer lorota por um tempo. Faz uns três anos que não tem nenhuma Klan por aqui. Pelo menos não que funcione." O velho riu e atirou um jato de suco de tabaco em um cuspidor por perto. Matthew foi embora. Sim, a colheita ia ser boa.

Tão entusiasmado quanto ele estava o Grão Mago Imperial quando chegou em casa para o jantar naquela noite. Entrou pela porta assobiando um de seus hinos favoritos e sua mulher, desviando do jornal vespertino, o olhou com surpresa. O Reverendo Givens geralmente era rabugento, mas naquela noite estava feliz como um pinto no lixo.

"O que está se passando com você?", inquiriu, suspeita.

"Ah, querida", riu. "Acho que essa tal de Cavaleiros de Nórdica aqui vai ser grande, mais que grande! Minha fama está se espalhando. Hoje mesmo tive uma longa conversa com um famoso antropólogo de Nova York e ele vai se apresentar na reunião hoje à noite."

"O que é um antropólogo?", perguntou a senhora Givens, enrugando sua testa sórdida.

"É um, er... é um desses cientistas que sabem tudo sobre essa história que está acontecendo em Nova York com os *niggers* ficando brancos", explicou o Reverendo Givens, ríspido mas com firmeza. "É um sujeito e tanto, e quero que você e a Helen venham ouvir o que ele tem a dizer."

"Acho que vou", declarou a senhora Givens. "Se esse reumatismo der um tempo. Mas a Helen eu já não sei. Desde que essa garota foi estudar fora não anda interessada em nada que seja edificante."

A senhora Givens falava com um tom pesaroso e afundava seus seios estreitos em um profundo suspiro. Não gostava nada dessas modernices tolas desses jovens. Estavam é se afastando de Deus, isso sim, e ela não gostava disso. A senhora Givens era cristã. Não havia qualquer dúvida a respeito disso porque ela admitia isso para todo mundo, mesmo que ninguém tivesse perguntado. É claro que ela vez por outra tomava o nome do Senhor em vão quanto estava brigando com Henry; tinha a reputação entre os amigos de nem sempre dizer a pura verdade; ela odiava os negros; seu marido havia feito um comentário rude e profano a respeito da virgindade dela na noite de núpcias; e como chefe da grupo feminino auxiliar da defunta Ku Klux Klan, ela havia copiado os métodos financeiros do marido; mas de que ela era uma cristã devota, disso ninguém duvidada. Acreditava em todas as páginas da Bíblia, exceto naquelas que falava dos ricos e a lia em voz alta todas as noites, para grande incômodo do Grão Mago Imperial e de sua moderna e atraente filha.

A senhora Givens deve provavelmente ter sido uma linda mulher um dia, mas o desgaste de uma longa vida como a cara metade de um evangelista itinerante era evidente. Seu cabelo, antes de um ruivo flamejante, tinha ficado grisalho e ruço, seu rosto angular era um hachurado de rugas e linhas, tinha ombros arredondados, peito cavo, caminhava mancando e suas longas e ossudas mãos lembravam garras. Ela alternadamente aspirava rapé e fumava um cachimbo de barro com cheiro ignóbil, exceto quando havia companhia na casa. Nessas ocasiões, Helen insistia para que sua mãe "agisse como gente civilizada".

Helen tinha vinte anos e a confiança de que ela sim era civilizada. Sabe-se lá se era, mas certamente era uma beldade. De fato, era tão linda que muitos amigos da família insistiam que ela fora adotada. Mais alta que os pais, era firme, aprumada, bem proporcionada, delgada, vivaz e sabia como vestir suas roupas. Somente em um aspecto ela parecia-se com seus pais e era no campo intelectual. Qualquer forma de esforço mental, reclamava, deixava sua cabeça doendo, então seus pais a deixaram fazer o que queria e ela nunca quis estudar.

Na idade de onze anos, foi retirada do terceiro ano da escola pública e levada para o seminário exclusivo pelo duplo propósito de ganhar prestígio social e esconder sua incapacidade mental. Aos dezesseis anos, quando seus professores já tinham perdido as esperanças com ela, ficaram em êxtase ao saber da decisão do pai de enviá-la para uma "escola de etiqueta" no norte. A tal escola de etiqueta acabou com o que Helen ainda tinha de inteligência, mas ela voltou, quatro anos mais tarde, mais linda, com um melhor conhecimento sobre como se vestir, e como agir na sociedade refinada, e essas superficialidades foram o suficiente para permiti-la frequentar os "melhores" círculos e lhe conferiu aquele humor inapropriado e raso que passava por sofisticação na classe alta norte-americana. Um inverno em Manhattan arrematara sua educação. Agora estava de volta à casa, profundamente envergonhada de seus pais grotescos e, como todas as garotas da sua convivência, ansiosas para arranjar um marido que fosse ao mesmo tempo bonito, inteligente, educado, refinado e cheio da grana. Já que ignorava que tal homem não existisse, olhava para o futuro com confiança.

"Não estou a fim de ir com toda essa gente grosseira", informou a seu pai à mesa de jantar quando ele introduziu o assunto do encontro. "São tão rudes e básicos, sabe...", explicou, arqueando suas sobrancelhas estreitas.

"Essa gente comum é o sal da terra", trovejou o reverendo Givens. "Se não fosse por essa gente comum, não poderíamos comprar esta casa e mandar você para a escola. Você me enoja com essa sua conversa moderna. Era muito melhor que você tentasse ser um pouco mais parecida com sua mãe."

Tanto a senhora Givens quanto Helen voltaram-se para ele para ver se estava rindo. Não estava.

"Por que você não vai, Helen?", implorou a senhora Givens. "Seu pai diz que esse homem de Nova York é um, er..., um cientista ou coisa assim, que sabe muito sobre uma porção de coisas. Quem sabe você não aprende alguma coisa. Eu mesmo iria, se não fosse esse meu reumatismo." Suspirou em autocomiseração e terminou de mastigar uma coxinha.

A curiosidade de Helen ficou atiçada e ainda que não gostasse da ideia de sentar-se entre um bando de pés-rapados, estava ansiosa para ver e ouvir esse jovem de reputação brilhante da grande metrópole onde, não muito tempo antes, ela havia perdido tanto seu provincialismo quanto sua castidade.

"Ah, está bem", assentiu com relutância zombeteira. "Eu vou."

O auditório dos Cavaleiros de Nórdica, todo embandeirado, foi se enchendo aos poucos. Era uma estrutura crua, cavernosa, com serragem no chão, um grande palanque de um lado, com fileiras seguidas de cadeiras e iluminada por grandes lâmpadas brancas pendentes das vigas. No palanque havia uma fila de cinco cadeiras, a central com alto espaldar e dourada. No púlpito, ao fundo do palco, estava uma grossa bíblia. Uma imensa bandeira dos Estados Unidos estava esticada na parede dos fundos.

A plateia era composta do mais baixo estrato da classe trabalhadora branca: caras duras, maxilares pendentes, olhares inexpressivos: crianças adultas, procurando, como toda a humanidade, alguma coisa permanente no eterno fluxo da vida. As mocinhas com seus vestidos dominicais baratos e suas maquiagens de palhaço; os rapazes envelhecidos antes do tempo pelo trabalho infantil e pelo ambiente violento; os de meia idade com seus trajes brilhantes e surrados e semblantes desgastados; todos prontos e dispostos a serem organizados por qualquer propósito que não fosse o aprimoramento de seu intelecto ou padrão de vida.

O Reverendo Givens abriu a reunião com uma oração "pelo sucesso, Oh Deus, de Sua obra, em proteger as irmãs e esposas e filhas de Seu povo, da poluição imunda de uma raça alienada."

Um coral de uns sujeitos heterogêneos cantou "Avante, soldados de Cristo" com disposição, ímpeto e falta de tom.

Estavam para se evadir do palanque quando o cantor principal, um jovial, parrudo e montanhoso homem, saltou para o proscênio e os deteve.

"Esperem um minuto, rapazes, um minuto", comandou. Então, voltando-se para a plateia, "agora, gente, vamos botar um pouco de vontade nisso. Todo mundo aqui quer ser feliz e ficar no espírito certo para essa reunião. Vou pedir para o coral cantar o primeiro e o último verso mais uma vez, e quando chegar no refrão, quero que todo mundo aqui cante junto. Não tenham medo, Jesus não teria medo de cantar 'Avante, soldados de Cristo', ou teria? Vamos lá, então. Tudo certo, coral, vocês começam e, quando eu acenar, vocês entram com o refrão."

Eles seguiam obedientes as instruções enquanto ele marchava para cima e para baixo no palanque, com o rosto vermelho, e rugindo e agitando a mão. Quando a última nota tinha se dissipado, ele dispensou o coral e, caminhando para a beirada do palco, debruçou-se para a plateia e ladrou de novo para eles. "Vamos lá, gente! Não vão desanimar com Jesus agora. Ele não vai ficar satisfeito da gente cantar só uma musiquinha. Vocês têm que mostrar para ele que amam Jesus, que estão felizes e contentes; que vocês não têm problemas nem vão ter. Vamos lá. Vamos cantar a favorita de todos, que vocês conhecem tão bem: 'Enfia todos os seus problemas no saco e sorria, sorria, sorria'." Ele berrou e eles o acompanharam. Mais uma vez o amplo salão sacolejou com o estrondo. Ele os fez levantar e agarrar a mão uns dos outros até a canção acabar.

Matthew, que assistia no palanque junto com o velho Givens, olhava para aquele espetáculo com diversão misturado com pasmo. Estava se divertindo por conta da semelhança entre aquela reunião e as orgias religiosas dos negros mais ignorantes e pasmo que mais cedo ele quase teve escrúpulos em palestrar sobre antropologia para aquele povo, um tema sobre o qual nem ele nem a plateia estavam familiarizados. Logo se deu conta de que aquela gente acreditaria em qualquer coisa que lhes fosse gritada de forma alta e convicta. Ele sabia o que os faria aplaudir e preencher as fichas de membros, e tinha a intenção de repeti-las o quanto fosse necessário.

O Grão Mago Imperial tomou meia hora para apresentar o palestrante da noite, versou sobre suas supostas qualificações escolásticas, mas fez questão de frisar e informá-los que, apesar de toda a sabedoria de Matthew, ele ainda acreditava na Palavra do Deus, na santidade da Mulher e na pureza da Raça Branca.

Por um hora Matthew lhes contou, em alta voz, o que eles já acreditavam, ou seja: que a pele branca era um claro indicador da posse de qualidades intelectuais e morais superiores; que todos os negros eram inferiores a eles; que os desígnios de Deus eram que os Estados Unidos da América fossem o país do homem branco e que com a ajuda Dele, eles poderiam cumprir; que os filhos e irmãos deles poderiam, inadvertidamente, casarem-se com negras ou, pior ainda, suas irmãs e filhas poderiam casar com negros, se permitissem que a Black-No-More SA continuasse com suas periclitantes atividades.

Por uma hora ele falou, interrompido, a intervalos, por saraivadas entusiasmadas de aplausos, e enquanto falava seus olhos perscrutavam as fêmeas da plateia, notando as mais atraentes. Quando encerrava com um apelo dramático para que os soldados dispostos se juntassem aos Cavaleiros de Nórdica, por cinco dólares per capita, e a meia dúzia de emissários "plantados" na plateia conduziam as filas de otários para a plataforma, ele notou pela primeira vez uma garota na primeira fila que o encarava avidamente.

Tinha os cabelos louro avermelhados, estava bem vestida, linda e estranhamente familiar. Enquanto se retirava em meio aos aplausos trovejantes para abrir caminho para o Reverendo Givens e os coletores de dinheiro, ele se perguntava onde a teria visto anteriormente.

De repente, deu-se conta! Era ela! A garota que tinha lhe dado um coice; a garota que ele há tanto tempo desejava; a garota que ele queria acima de qualquer coisa no mundo! Que estranho que ela estivesse naquele lugar. Sempre pensara nela como uma dama refinada, educada e rica, muito acima daquela gentinha. Estava fervendo por dentro para conhecê-la, de alguma maneira, antes que voltasse a sumir de vista, e ainda assim estava um pouco decepcionado por encontrá-la por ali.

Mal pôde esperar até que Givens voltasse para a cadeira para perguntar-lhe sobre a identidade da garota. Enquanto o cantor gorducho puxava com a plateia o hino de encerramento, ele se debruçou junto ao Grão Mago Imperial e berrou: "quem é aquela garota de cabelo dourado na primeira fila? Você a conhece?"

O reverendo Givens olhou para a plateia, pivotando seu pescoço magrelo e piscando os olhos. Então viu a garota, sentada a cinco metros dele.

"Você diz aquela garota sentada bem em frente, ali?", perguntou apontando.

"Sim, aquela", disse Matthew, impaciente.

"He he he...", riu-se o Mago, esfregando o queixo pontudo. "Aquela é a minha filha, Helen. Quer conhecê-la?"

Matthew mal podia acreditar em seus ouvidos. A filha de Givens! Incrível! Que coincidência! Que sorte! Se ele queria conhecê-la? Debruçou-se e berrou: "Sim".

Capítulo 5

Um imenso aeroplano prateado deslizou graciosamente pela superfície de Mines Field em Los Angeles e parou depois de uma corrida curta. Um lacaio de libré saiu do compartimento dianteiro armado com um banquinho que colocou sob a porta traseira. Simultaneamente, um poderoso carro estrangeiro encaminhou-se para perto do aeroplano e aguardou. A porta traseira do aeroplano abriu-se e, para a aparente surpresa dos mecânicos que por lá estavam, um negro alto, de aparência distinta, emergiu e desceu para o solo, assistido pela mão do lacaio. Atrás dele vieram um jovem e uma jovem pálidos, evidentemente seus secretários. Os três entraram na limousine que prontamente arrancou.

"Quem é aquele negão?", perguntou um dos mecânicos, com olhos arregalados e respeitosos, como todos os americanos ficam na presença de imensa riqueza.

"Não sabe quem é ele?", inquiriu o outro, com pena. "Bem, aquele é aquele doutor Crookman. Você sabe, o sujeito que está transformando os negros em brancos. Vê o 'B N M' ao lado da fuselagem? Significa 'Black-No-More'. Puxa, eu só queria ter metade da grana que ele ganhou nos últimos seis meses."

"Eita, pelo o que ando lendo nos jornais", protestou o primeiro, "achei que a Lei tinha fechado tudo e acabado com os negócios."

"Ah, isso é besteira", disse o outro sujeito. "Ontem mesmo eu li no jornal que a Black-No-More estava abrindo na Central Avenue. Já tem uma em Oakland, um negro me contou ontem."

"Engraçado", arriscou um terceiro mecânico, enquanto rebocaram o aeroplano para um hangar por perto "que ele não tivesse ninguém que não fosse branco por perto. Não deve gostar do trabalho dos pretos. Seu motorista é branco, seu lacaio é branco e aquela moça e o rapaz que estavam com ele são brancos."

"Como é que você vai saber?", desafiou o primeiro. "Podem ser uns escuros que ele transformou em brancos."

"Verdade", respondeu o outro. "Está chegando a um ponto em que não dá para dizer quem é quem. Acho que aqueles Cavaleiros de Nórdica têm de fazer alguma coisa a respeito. Eu me juntei a eles há uns dois meses mas não fizeram nada a não ser me vender um uniforme velho e chamar para uns dois encontros."

Caírem em silêncio. Sandol, o outrora-senegalês, saiu da cabine de piloto com um sorriso no rosto. *"Ah, ces americains..."*, murmurou para si mesmo enquanto começava a vistoriar o motor, examinando tudo minuciosamente.

"De onde é que você veio, parceiro?" perguntou um dos mecânicos.

"Denver", respondeu Sandol.

"O que estão fazendo, dando a volta no país?", questionou outro.

"Sim, estamos, como vocês *disent?*, em fazendo *inspection*", continuou o aviador. Eles não conseguiram pensar em mais nada a dizer, e foram-se embora.

Em torno de uma mesa oval no sétimo andar de um prédio da Avenida Central, sentavam-se o doutor Junius Crookman, Hank Johnson, Chuck Foster, Ranford, o secretário do doutor e quatro outros homens. Na cabeceira estava a senhorita Bennet, a estenógrafa de Ranford, tomando notas. Um discreto garçom, cuja natureza negra só era revelada por sua subserviência zombeteira, servia champanhe a cada um.

"A nosso contínuo sucesso!", exclamou o médico, enchendo sua taça.

"A nosso contínuo sucesso!" ecoaram os outros.

Esvaziaram suas taças, e voltaram à superfície polida da mesa.

"Nossa, doutor!" explodiu Johnson. "E põe sucesso nisso. Não tivemos um dia ruim desde que começamos, e já estamos no primeiro de setembro!"

"Não vai comemorando tão cedo", admoestou Foster. "A oposição está crescendo dia a dia. Tive que pagar setenta e cinco mil dólares a mais por esse prédio."

"Mas conseguiu, não foi?", perguntou Johnson. "É como eu sempre digo: quando você tem dinheiro, pode conseguir o que quiser nesse país. Quando a coisa aperta, é só puxar o talão de cheques e tudo fica certo."

"Otimista!", grunhiu Foster.

"Pessimista é que não sou", acusou Johnson.

"Cavalheiros, cavalheiros...", interrompeu o doutor Crookman. "Vamos tratar de negócios. Nos reunimos aqui, como todos sabem, não apenas com o propósito de celebrar a abertura deste que é o décimo quinto sanatório, mas também para tomarmos pé de nossa situação. Tenho diante de mim um relatório detalhado de nossos negócios por todo período de sete meses e meio em que estamos operando.

"Durante esse tempo, colocamos em operação quinze sanatórios, de uma costa a outra do país, uma média de um a cada quatro dias e meio, e a capacidade média de cada sanatório é de cento e cinco pacientes. Cada unidade tem uma equipe de seis médicos e vinte e quatro enfermeiros, um zelador, quatro ordenanças, dois eletricistas, contadores, caixas, estenógrafa e bibliotecária, sem contar os guardas."

"Pelos últimos quatro meses, contamos com uma manufatura de equipamentos em Pittsburgh na máxima capacidade produtiva e com uma fábrica de insumos químicos na Filadélfia. Além disso, adquirimos quatro aeroplanos e uma estação de rádio. Nossos gastos com imóveis, salários e insumos químicos totalizaram seis milhões, duzentos e cinquenta e cinco mil, oitenta e cinco dólares e dez centavos."...

"He, he!", riu-se Johnson. "Esses dez centavos devem ser desses charutos vagabundos que o Foster fuma."

"Nossa receita total", continuou o doutor Crookman, um tanto irritado com a interrupção, "foi de dezoito milhões, quinhentos mil e trezentos dólares, ou trezentos e setenta mil e seis pacientes a cinquenta dólares cada. Acho que isso reforça minha cautela no início de que a taxa deveria ser de não mais que cinquenta dólares — ao alcance do povo negro." Deixou de lado seu relatório e acrescentou:

"Nos próximos quatro meses, vamos dobrar a produção e, ao fim do ano, poderemos cortar a taxa para vinte e cinco dólares", e coifou seus bigodes engomados por entre os dedos sensíveis, sorrindo com satisfação.

"Sim", disse Foster, "quanto mais rápido concluirmos esse negócio, melhor. Vamos ter que encarar uma oposição muito maior do que a que estamos enfrentando até agora."

"E para quê, homem?", rugiu Johnson. "Ainda nem começamos com esses pretos. E quando convencermos os brancos, vamos trabalhar com eles no Caribe. Acredite, eu não quero que essa jogada termine nunca."

"Bem", continuou o doutor Crookman. "Quero dizer que o senhor Foster merece todos os elogios pelo empenho e engenhosidade que demonstrou adquirindo nossos imóveis e que o senhor Johnson merece os mesmos elogios pela maneira eficiente com que conteve a oposição dos agentes de várias cidades. Como sabem, já gastamos quase um milhão de dólares em tais empreitadas e quase a mesma soma influenciando a legislação em Washington e nas várias capitais estaduais. Isso explica como todos os projetos de lei que chegaram às câmaras municipais morreram ao serem votados. Além disso, por meio de seu exército de operadores secretos, que são na maior parte belas moças, ele pôs uma série de oficiais e legisladores em uma posição na qual não podem abertamente se opor a nossos esforços."

Um sorriso de contentamento rodou em torno da mesa.

"Temos muito o que fazer adiante", comentou Foster.

"Isso mesmo, garotão", respondeu o ex-apostador, "e para o que precisar ser feito, pode conta comigo."

"Certamente", disse o médico, "nosso amigo Hank não esteve, assim, atormentado pelos escrúpulos".

"Nem sei o que isso quer dizer, chefe", riu-se Johnson, "mas sei que um talão de cheques resolve. Até esses branquelos baixam a bola quando falam de grana."

"Esta tarde", continuou Crookman, "também teremos conosco nossos três diretores regionais, os doutores Henry Dogan, Charles Hinckle e Fred Selden, bem como nosso químico-chefe, Wallace Butts. Pensei que seria uma boa ideia reunir todos aqui para que conheçam melhor. Vamos ouvir o que cada um tem a dizer. São todos gente da boa raça, vocês sabem, ainda que tenham, como o resto da equipe, passado por nosso tratamento."

Pelos quarenta e cinco minutos seguintes, os três diretores e o químico-chefe relataram o progresso de seu trabalho. Vez por outra o garçom trazia bebidas frescas, charutos e cigarros. Acima deles zumbiam os ventiladores elétricos. Pela janela podia-se contemplar o panorama de bangalôs, calçadas, palmeiras, as ruas serpenteantes e os automóveis deslizantes.

"Deus do céu!", exclamou Johnson na conclusão da reunião, aproximando-se da janela e admirando a cidade. "Dai-me só mais alguns anos dessa jogada e vou fazer Henry Ford se parecer com um mendigo."

Enquanto isso, a sociedade negra estava no caos. As pessoas de cor, fazendo das tripas coração para conseguirem o tratamento do Black-No-More, haviam esquecido todas as lealdades, afiliações e responsabilidades. Já não se bandeavam para a igreja no domingo ou pagavam suas contribuições às fraternidades. Passaram a não dar nada para a campanha anti-linchamento. Santop Licorice, chefe da antes florescente Sociedade Volta para África, passava o dia levantando sua voz de barítono denunciando a raça por ter abandonado sua organização.

Os negócios dos negros sentiram o golpe. Pouca gente estava se incomodando em ter seu cabelo estirado ou sua pele clareada temporariamente quando, pelo que ganhavam em duas semanas, podiam conseguir as duas coisas, definitivamente. O resultado imediato dessa mudança da mentalidade por parte do público negro foi a quase falência das firmas que faziam os produtos químicos estiradores e clareadores. O rápido declínio nos negócios afetou em cheio a receita dos jornais e semanários negros que dependiam de tal publicidade para sua subsistência. O próprio negócio de esticar cabelo que havia conseguido emprego a milhares de mulheres de cor, que sem isso teriam que voltar a lavar e passar roupa, decaiu em tal grau que placas de "aluga-se" estavam pregadas em nove de cada dez casas.

Os políticos negros nas várias vizinhanças negras, que haviam engordado "protegendo" o vício com a ajuda dos eleitores negros que eles conseguiam controlar em virtude da segregação imobiliária, peroravam em vão sobre a solidariedade negra, o orgulho da raça e a emancipação política; mas nada detinha o êxodo para a raça branca. Sorumbáticos, os políticos ficavam em seus escritórios, pensando se não era melhor jogar logo a toalha e seguir para o sanatório Black-No-More mais próximo ou se esperavam mais um pouco na esperança de que os brancos botassem um fim nas atividades do doutor Crookman e seus associados. Essa última, de fato, era a última esperança deles, porque a maioria dos negros, economizando seus centavos para a alforria cromática, haviam parado de jogar, de visitar as casas de prostituição ou de sair na porrada sábado de noite. Assim, as fontes habituais de renda haviam secado. Os políticos negros apelaram para seus senhores brancos por socorro, é claro, mas logo descobriram, para seu desalento, que estes já tinham sido seguramente subornados pelo astuto Hank Johnson.

Já tinha ficado para trás a atmosfera quase europeia do gueto negro: a música, risada, alegria, as piadas e a descontração. No lugar disso, via-se a urgência nervosa, os olhares arregalados e os rostos esgotados que se via em um acampamento de soldados na guerra, em torno de um novo campo de petróleo ou em uma corrida do ouro. Aquele negro folgazão, das músicas e histórias, tinha ido embora para sempre e em seu posto tinha ficado o negro nervoso e mesquinho, catando moedas em meias, aguardando impaciente ter a quantia suficiente para pagar a taxa do doutor Crookman.

Lá do Sul vinham em contingentes cada vez maiores, assomando aos sanatórios Black-No-More por tratamento. Não havia nenhum desses refúgios lá no Sul por conta da hostilidade dos brancos lá, mas havia muitos ao longo da fronteira entre as duas seções, em lugares como Washington, Baltimore, Cincinnati, Louisville, Evansville, Cairo, Saint Louis e Denver. As muitas comunidades do Sul tentaram estancar isso, a maior migração de negros da história do país, mas sem sucesso. De trem, barco, carruagem, bicicleta, carro e a pé, eles buscavam a Terra Prometida; uma poderosa procissão, driblando os postos de polícia e as barricadas de voluntários dos Cavaleiros da Nórdica. Onde quer que houvesse oposição à marcha dos negros, de repente apareceria uma grande quantidade de álcool contrabandeado e de cédulas estalando de novas que faziam até o mais atento vigilante branco opositor da Black-No-More virar a cara para o outro lado. Hank Johnson, ao que parece, conseguia lidar com qualquer situação.

O escritório nacional da organização militante negra, a Liga Nacional para Igualdade Social, estava sob tensão. Os telefones soavam, os atendentes mulatos corriam animados de um lado para o outro, os meninos de recado entravam e saíam. Localizada no distrito da Times Square, em Manhattan, por quarenta anos tinha batalhado pela igualdade social para os cidadãos negros e a imediata abolição do linchamento como esporte nacional. Ainda que essa organização tivesse que depender em larga escala da caridade do povo branco para existir, já que os negros sempre foram mais ou menos céticos em relação ao programa para a liberdade, os esforços da sociedade não eram, inteiramente, não-lucrativos. A partir do elevador viam-se por todo lado escritórios imaculados e os passos eram abafados por grossos tapetes persa falsos. Ainda que a maior parte da equipe estivesse disposta a acabar com toda a opressão e perseguição ao negro, eles nunca ficavam tão felizes e excitados como quando um negro era barrado de um teatro ou queimado até virar carvão. Nessas ocasiões eles saltavam para o telefone, agarravam seus blocos e gritavam para as estenógrafas; sorrindo em sua simulada indignação diante do espetáculo de uma nova razão para sua continuada existência e apelo por mais doações.

Desde que o primeiro sanatório da Black-No-More SA começou a transformar negros em caucasianos, a receita da Liga Nacional da Igualdade Social veio minguando. As mensalidades deixaram de cair todos os meses e as assinaturas ao veículo nacional, *O dilema*, foram se esvaindo até quase nada. Os agentes, há muito alojados em apartamentos palacianos, começaram a entrar em pânico na medida em que os dias de pagamento ficavam mais distantes. Começaram a enxergar um momento em que não iriam mais poder, em nome da raça negra, suportar a dureza dos almoços no Urban Club cercados por diletantes brancos, vencer os perigos de embarcar em um transatlântico na primeira classe para conferências sobre como salvar a

África ou passar pela excruciante tortura de zanzar de um lado a outro do país em salões para ouvir uns aos outros o que tinham a palestrar sobre o Problema Negro. Com o ínfimo salário de cinco mil dólares ao ano, deram duro, incansáveis, para obter para os negros o direito constitucional que somente uns poucos milhares de brancos ricos possuíam. E agora viam o trabalho de uma vida toda ir por água abaixo.

Sozinhos, sentiam-se incapazes de organizar uma oposição eficiente à Black-No-More SA, então convocaram uma conferência com todos os líderes negros de destaque no quartel general da Liga, em primeiro de dezembro de 1933. Conseguir que os líderes negros se reunissem para um propósito que não o de gabarem cada um de suas conquistas, teria sido impossível anteriormente. De regra, eles lutavam uns contra os outros com um vigor que só ultrapassava aquele dos seus apelos pela solidariedade racial e união de ação. A situação, no entanto, era sem precedentes, então todos os cavalheiros negros para quem o convite fora enviado aceitaram vir com avidez. Sentiam, ao que parece, que seria melhor fumar o cachimbo da paz antes que morressem de penúria.

Em um escritório interior bem privado do conjunto da L.N.I.S., o doutor Shakespeare Agamemnon Beard, fundador da Liga e graduado em Harvard, Yale e Copenhague (cujo porte altivo nunca deixava de impressionar tanto os caucasianos quanto os negros) sentava-se diante uma mesa com tampo de vidro, cofiando ora a cabeça crespa e grisalha, ora a barba pontuda. Por apenas seis mil dólares por ano, o instruído doutor escrevia editoriais amargos e eruditos em *O dilema*, denunciava os caucasianos que ele secretamente admirava e laudava a grandeza dos negros, de quem ele alternadamente sentia pena ou desprezava. Em prosa límpida contou dos sofrimentos e privações dos oprimidos trabalhadores negros cuja vida lhe era total e agradecidamente não-familiar. Como a maioria dos líderes negros, ele endeusava as mulheres negras mas se abstinha de contratá-las, salvo as mulatas claras. Perorava em banquetes sobre "nós, da raça negra", e admitia nos livros que era parte-francês, parte-russo, parte-indiano e parte-negro. Denunciava amargamente os nórdicos pela devassidão com as mulheres negras, enquanto se preocupava em contratar para estenógrafas somente mulatas claras atraentes que não ofereciam muita resistência. Na vida real, amava seu povo. Em tempos de paz era um socialista rosado, mas quando as nuvens de guerra chegavam, armava sua tenda aos pés de Marte.

Diante do paladino das raças escuras estava uma resolução bem datilografada composta por ele e sua equipe no dia anterior para ser apresentada ao Promotor Geral dos Estados Unidos. A equipe tomara essa precaução porque nenhum de seus membros acreditava que outro líder negro tivesse a educação suficiente para pôr em palavras o documento, de forma eficiente e gramaticalmente correta. O doutor Beard releu a resolução e depois de guardá-la na gaveta apertou um botão do painel. "Diga para entrarem", dirigiu. A mulata deu a volta e saiu do cômodo, seguida pelo olhar de avaliação e aprovação do erudito. Soltou um suspiro de arrependimento depois que a porta se fechou e seus pensamentos voltaram-se para o vigor da sua juventude.

Em três ou quatro minutos a porta voltou-se a abrir e entraram no amplo escritório vários negros, mulatos e brancos bem vestidos, tomando assento. Cumprimentaram-se uns aos outros e ao presidente da Liga com a cordialidade usual, mas pela primeira vez em sua vida estavam sendo sinceros. Se tinha alguém que poderia salvá-los, esse era o doutor Beard. Todos o admitiam, e até o próprio doutor. Puxaram grossos charutos, delgados cigarros e cachimbos, os acenderam e esperaram a abertura da conferência.

O venerável amante da raça bateu com os dedos na mesa pedindo ordem, deixou de lado seu charuto de quinze centímetros e, erguendo-se, disse:

"Achei bastante inadequado — eu, que vivo uma vida tão enclausurada e sou poupado da maldição ou benefício dos muitos contatos íntimos com aqueles de nossa raça lutadora que, por pura coragem, tenacidade e mérito, ergueram suas cabeças acima da massa oprimida — submeter-me a tirar de um indivíduo mais capaz a desagradável tarefa de rever a combinação de circunstâncias infelizes que nos uniu, homem a homem, dentro das quatro paredes do escritório." Passou um olhar vulpino pela assembleia e prosseguiu, confiante. "E assim, meus amigos, imploro sua augusta permissão para conferir ao meu hábil e culto secretário e confidente, Doutor Napoleon Wellington Jackson, o cargo de presidente deste corpo temporário. Não preciso apresentar o Dr. Jackson aos senhores. Vocês conhecem sua erudição, seu alto senso de dever e seu profundo amor pela sofrida raça negra. Sem dúvida, vocês tiveram o prazer de cantar algumas das muitas canções de lamúria que ele escreveu e popularizou nos últimos vinte anos, e devem conhecer sua fama como tradutor de poetas latinos e seus trabalhos com autoridade a respeito da língua grega."

"Antes que eu solenemente passe o bastão ao doutor Jackson, no entanto, gostaria de contar-lhes que nosso destino está nas estrelas. A sina da Etiópia está em risco. As deusas do Nilo vertem lágrimas amargas aos pés da Grande Esfinge. As nuvens baixas se reúnem sobre o Congo e os raios cintilam sobre o Togo. 'Às tendas, ó, Israel.' A hora chegou."

O presidente da L.N.I.S., tomou assento e o erudito doutor Jackson, seu alto e esguio secretário, se ergueu. Não havia o risco do doutor Jackson ganhar um concurso de beleza algum dia. Tinha uma cor preto-fuligem, ombros muito largos, com braços compridos e simiescos, uma diminuta cabeça de formato oval que era atarrachada em seu pescoço como um ovo de galinha em uma xícara e olhos que se projetavam tão para fora de seu rosto que parecia que iriam cair. Usava um *pince-nez* que estava sempre escorregando de seu nariz muito achatado e oleoso. Sua principal tarefa na organização era a de escrever longas e indignadas cartas para os agentes públicos e legisladores sempre que um negro era maltratado, demandando justiça, *habeas corpus* e outras garantias legais concedidas a nenhum branco exceto a plutocratas inchados que tinham sido miraculosamente pegos pela justiça, e a falar para plateias de matronas mal-comidas dispostas em pôr o negro de pé. Durante suas horas de ócio, que era naturalmente um tempo considerável, escrevia longos e eruditos artigos, coalhados de referências, para as revistas mais intelectuais, nas quais buscava provar conclusivamente que os gritos dos catadores nas plantações do sul eram superiores a qualquer das sinfonias de Beethoven e que a cidade do Benin foi o lugar original do Jardim do Éden.

"Aham... A-ham! Agora er... cavalheiros", começou o doutor Jackson, balançando-se sobre os calcanhares, tirando seus óculos para começar a polir com um lenço de seda. "Como sabem, a raça negra está diante de uma grave crise. Eu... er... presumo que seja... er... desnecessário entrarmos nos detalhes concernentes às atividades da Black-No-More SA. Basta dizer... er... umpf... dizer que ela jogou nossa sociedade em um torvelinho caótico. Nosso povo está esquecendo, desavergonhadamente, suas obrigações para as organizações que lutaram bravamente por eles nesses muitos anos e estão ocupadas agora perseguindo uma maldita quimera. Aham!"

"Vocês provavelmente se dão conta de que a continuação das ditas atividades mostrar-se-ão desastrosas para nossas organizações. Os senhores, assim como nós, devem estar sentindo que é preciso fazer algo drástico para preservar a integridade da sociedade negra. Pensem, cavalheiros, o que será o futuro para aqueles que tanto pelejaram pela sociedade negra. O que faremos, me pergunto, quando não houver mais nenhum grupo a nos sustentar? Evidentemente, o doutor Crookman e seus associados têm todo o direito de gerir quaisquer negócios legítimos, mas sua presente atividade não pode ser classificada nesta categoria, considerando o efeito danoso em nossos empreendimentos. Antes de irmos mais longe, no entanto, gostaria de apresentar nosso especialista em pesquisas, o senhor Walter Williams, que vai descrever a situação no Sul."

O senhor Walter Williams, um branco alto, encorpado, com olhos de um azul esmaecido, cabelo acaju ondulado e uma mandíbula proeminente, levantou-se e curvou-se cumprimentando a assembleia e procedeu a pintar um retrato desolador da perda de orgulho e solidariedade de raça entre os negros do Norte e do Sul. Não restava, disse, nenhuma unidade da L.N.I.S. em funcionamento, as mensalidades tinham minguado a nada, não conseguiam mais promover uma reunião em lugar nenhum, e muitos dos apoiadores mais fiéis haviam se bandeado para a raça branca.

"Pessoalmente", concluiu, "tenho muito orgulho de ser um negro e sempre o tive" (seu tetravô foi um mulato, parece),[12] e estou disposto a me sacrificar pela ascensão da minha raça. Não posso compreender o que deu em nosso povo para esquecerem tão rapidamente as glórias ancestrais da Etiópia, do Songai e do Daomé, e seu maravilhoso registro de conquistas desde a abolição". O senhor Williams era conhecido como negro entre seus amigos e conhecidos, mas ninguém mais desconfiaria.

Outro homem branco de remota ascendência negra, o reverendo Herbert Gronne, da Universidade Dunbar, seguiu-se ao especialista em pesquisas com um longo discurso em que expressava seu temor pelo futuro de sua instituição cujo corpo discente havia sido reduzido a sessenta e cinco pessoas e deplorava a catástrofe "que havia se abatido sobre nós, o povo negro".

Todos escutaram com respeito o doutor Gronne. Ele havia sido professor de universidade, agente social e um ministro de Deus, havia recebido a aprovação do povo branco e era portanto duplamente aceito pelos negros. Muito da sua popularidade vinha do fato de que ele claramente sabia como construir declarações que soavam radicais para os negros mas eram suficientemente conservadoras para satisfazer os beneméritos brancos de sua instituição de ensino. Além disso, contava com o ativo de ter uma aparência perpetuamente disposta e sincera.

Seguindo-se a ele veio o Coronel Mortimer Roberts, diretor do Instituto Agrícola do rio Dusky, Supremo General dos Cavaleiros e Filhas do Reino que Está por Vir, e presidente da Associação do Memorial do Pai Tomás. O

Coronel Roberts era o reconhecido líder dos negros conservadores (a maioria dos quais nada tinha a conservar) que sentia que em todos os momentos os brancos estavam à frente e que os negros deveriam ter o cuidado de os seguir.

Ele era uma grande montanha de negritude, com uma cabeça no formato de um balde ponta-cabeça, perfurado por dois olhos suínos e uma boca cavernosa equipada com um dente que parecia uma lápide que ele quase que continuamente exibia. Seu discurso era uma mistura de uivo de um perdigueiro com a explosão de um encanamento. Isso passava aos brancos uma impressão de simplicidade rústica e sinceridade, o que era muito conveniente, já que o Coronel mantinha sua escola por meio da contribuição deles. Falou, como era de costume, sobre as relações cordiais existentes entre as duas raças na sua Georgia natal, do descaramento dos negros que ousavam se embranquecer e assim causavam perturbações na mente dos brancos e insinuava uma aliança com certa organização militante no Sul para parar esse negócio de branqueamento antes que fosse tarde demais.[13] Tendo dito o que pensava, e recebido escasso aplauso, o Coronel (uma vez um homem branco o chamou assim e a patente acabou pegando), ofegante, sentou-se.

O senhor Claude Spelling, um homenzinho marrom assustador com grandes orelhas, que detinha a exaltada posição de presidente da Sociedade do Comércio Negro, acrescentou suas lamúrias à discussão. Martelou a tecla de que os negócios negros — sempre anêmicos — estavam a ponto de falecer de vez por falta de clientela. O senhor Spelling por muitos anos era o líder propulsor da estranha doutrina de que um negro mal pago deveria se esforçar para comprar em uma biboca negra em vez de ir a uma cadeia de lojas, mais baratas e mais limpas, tudo pela dúbia satisfação de ajudar um mercador negro a enriquecer.

O próximo palestrante, doutor Joseph Bonds, um pequeno negro com cara de rato, com dentes protuberantes manchados por inúmeros pedaços de tabaco mascado e portando óculos de aro de tartaruga, que chefiava a Liga da Estatística Negra, quase chorou (o que seria terrível de se assistir) quando contou da dificuldade que seus funcionários enfrentavam em seus esforços para persuadir capitalistas brancos aposentados, cujas consciências pesadas os impeliam a esbanjar em filantropia, a continuarem com suas doações habituais. Os filantropos pareciam achar, disse o doutor Bonds, que já que os negros estavam ocupados resolvendo suas dificuldades, não havia necessidade de trabalho social da parte deles, nem mesmo o levantamento de dados. Quase engasgou quando descreveu que suas apurações haviam caído de cinquenta mil dólares por mês para meros mil dólares.

Sua sensação a esse respeito podia ser facilmente apreciada. Estava engajado no trabalho mais vital e necessário, isto é, coletar montes de dados para satisfatoriamente provar que todo aquele dinheiro adicional era necessário para coletar mais dados. A maior parte dos dados era altamente informativa, revelando o surpreendente fato de que as pessoas mais pobres frequentavam mais as prisões do que os ricos; que a maioria das pessoas não recebia o suficiente pelo trabalho que faziam; e que por mais estranho que parecesse, havia uma correlação entre pobreza, enfermidade e crime. Ao estabelecer esses fatos com certeza matemática e ilustrá-los com gráficos elaborados, o doutor Bond amealhava muitos cheques polpudos. Para seu povo, dizia ele, queria trabalho, não caridade; porém para si, estava sempre contente em obter a caridade com o mínimo de trabalho possível. Por muitos anos conseguiu seguir assim, sem trazer nenhum benefício palpável para o grupo dos negros.

O espetáculo emotivo do doutor Bond quase trouxe os outros às lágrimas e muitos deles murmuraram "é isso, irmão", enquanto ele falava. Os conferencistas estavam animados, mas foi preciso o próximo palestrante para que ficassem realmente agitados.

Quando ele se ergueu, uma exclamação de expectativa percorreu a assembleia. Todos conheciam e gostavam do Alto Reverendo Bispo Ezekiel Whooper da Igreja Etíope da Boa Fé dos Metodistas Lava-pés, por três razões, a saber: sua igreja era rica (ainda que os paroquianos fossem pobres); ele tinha uma voz bem alta e clara; e os brancos o elogiavam. Tinha sessenta anos, era corpulento e um especialista na arte de fazer homens cornos.

"Nossos leais e devotados clérigos", trovejou, "estão forçados a fazerem trabalho manual e a igreja negra está morrendo rapidamente" e então lançou uma violenta saraivada contra a Black-No-More e apoiaria quaisquer meios necessários para derrubar a corporação. Em sua empolgação ele cuspiu saliva, agitou os longos braços, bateu os pés, esmurrou a mesa, rolou os olhos, derrubou sua cadeira, quase sentou-se no tapete e, no geral, recorreu ao histrionismo dos pastores de igrejas negras.

O espetáculo mostrou-se contagioso. O reverendo Herbert Gronne, com o rosto vermelho e gritando "améns" marchou de um lado a outro da sala; o Coronel Roberts, se parecendo com um comediante bêbado com o rosto pintado de negro, balançava para frente e para trás batendo palmas; os outros começaram a gemer. O doutor Napoleon Wellington Jackson, sentindo vir a oportunidade, começou a cantar um hino religioso em sua rica voz de soprano. Os outros imediatamente se juntaram a ele. O ar parecia bem carregado de emoção.

O bispo Whooper estava para recomeçar quando o doutor Beard, que tinha se mantido sentado, inalterado e desdenhoso daquele surto de revivalismo, tamborilando sua caneta de ponta dourada e assistindo às manifestações com as pálpebras semicerradas, interrompeu com sua aguda voz metálica.

"Vamos voltar à Terra, aqui", comandou. "Chega dessa bobagem. Temos uma resolução aqui, endereçada ao Promotor Geral dos Estados Unidos, demandando que esse doutor Crookman e seus associados sejam presos e suas atividades sejam suspensas de vez pelo bem das duas raças. Todos a favor desta resolução digam 'sim'. Alguém é contra?... Muito bem, os 'sim' venceram... Senhorita Hilton, queira remeter esse telegrama de imediato!"

Olharam para o doutor Beard e uns para os outros com espanto. Muitos tentaram protestar fracamente.

"Os cavalheiros todos têm mais de vinte e um anos, não têm?", menosprezou Beard. "Então sejam homens o suficiente para sustentar sua decisão."

"Mas doutor Beard", objetou o Reverendo Gronne, "não seria este um procedimento um tanto fora do comum?"

"Reverendo Gronne", respondeu o grande homem, "é tão fora do comum quanto a Black-No-More. Talvez eu tenha abalado sua dignidade, mas não é nada comparado ao que o doutor Crookman fará com ela."

"Acho que tem razão, Beard", concordou o Decano da Faculdade.

"Eu tenho certeza", disparou o outro.

O venerável Walter Propin, que conquistara sua exaltada posição como Promotor Geral dos Estados Unidos por sua longa e fiel carreira ajudando as grandes corporações a contornarem as leis federais, estava em sua escrivaninha em Washington, D.C. Diante dele estava a resolução telegrafada da conferência dos líderes negros. Ele comprimiu os lábios e alcançou seu telefone particular.

"Gorman", perguntou em voz baixa ao aparelho. "É você?"

"Não, sinhô", veio a voz. "Aqui é o criado do sinhô Gay."

"Bem, vá chamar o senhor Gay ao telefone agora mesmo."

"Sim, sinhô."

"E você, Gorman?", perguntou o Supremo Mandante Legal da Nação ao Presidente Nacional de seu partido.

"Sim, o que é que manda?"

"Você leu sobre essa resolução desses *niggers* de Nova York, não leu? Está em todos os jornais."

"Sim, eu li."

"Então, o que acha que temos que fazer aqui?"

"Vai com calma, Walter. Vai enrolando eles, você sabe. Eles não estão mais com tanto dinheiro; é o outro lado que está montado na grana. E é claro que a gente tem que tapar nosso buraco. Deixa que eu lido com o povo da Black-No-More. Consigo tratar do negócio com aquele sujeito, o Johnson."

"Tudo bem, Gorman, acho que você está certo, mas não vá esquecer que tem um bocado de gente puta com esses negões."

"Não se preocupe com isso", menosprezou Gorman. "Esses aí não tem muito dinheiro e além disso, são de estados que a gente não consegue levar, de qualquer jeito. Vai em frente, enrole esses *niggers* de Nova York. Você é advogado, sempre encontra um motivo."

"Obrigado pelo elogio, Gorman", disse o Promotor Geral, desligando o telefone.

Apertou um botão em sua campainha e uma jovem, armada com um lápis e um bloco, entrou.

"Mande esta carta", ordenou, "para o doutor Shakespeare Agamemnon Beard (que diabos de nome esse), Presidente do Comitê pela Preservação da Integridade Racial Negra, na rua Broadway, 1400, Nova York."

Prezado senhor doutor Beard

O Promotor Geral recebeu a resolução subscrita pelo senhor e pelos outros e deu-lhe atenta consideração.
A despeito das visões pessoais sobre a questão (eu mesmo não estou nem aí se eles ficam brancos ou não), não é possível para o Departamento de Justiça interferir em um negócio legítimo enquanto seus métodos estiverem dentro da Lei. A corporação em questão não violou nenhum estatuto federal e portanto não há a mais remota base para interferir em suas atividades.

Cordialmente,

Walter Propin.

"Envie já. Mande cópias para a imprensa. É só."

Santop Licorice, fundador e líder da Sociedade Volta para a África leu a resposta do Promotor Geral para os líderes negros com muita satisfação maliciosa. Deixou de lado seu jornal matutino, puxou um gordo charuto de um estojo, o acendeu e soprou nuvens de fumaça sobre sua cabeça lanosa. Sempre ficava deliciado quando o doutor Beard se deparava com qualquer tipo de rejeição ou embaraço. Aquilo lhe agradava duplamente porque tinha ficado de fora dos convites aos líderes negros para se juntarem ao Comitê pela Preservação da Integridade Racial Negra. Era um ultraje, depois de tudo o que ele havia falado em favor da integridade racial negra.

O senhor Licorice vinha, há quinze anos, advogando, muito lucrativamente, pela emigração de todos os negros estado-unidenses para a África. Ele mesmo, é claro, nunca tinha ido lá e não tinha a menor intenção de se afastar das regalias, mas dizia aos outros negros para irem. Naturalmente, o primeiro passo para isso era juntar-se à sociedade dele, pagando cinco dólares ao ano como taxa, dez dólares por um roupão dourado, verde e roxo com um capacete prateado que custavam, no total, dois dólares e meio, contribuindo com cinco dólares para o Fundo de Defesa de Santop Licorice (havia um fundo perpétuo de defesa porque Licorice estava perpetuamente nos tribunais por conta de algum tipo de fraude), e comprando ações por cinco dólares cada da Companhia de Navegação Negra Royal, porque obviamente não se poderia chegar à África sem um navio e os negros tinham que viajar em navios que eram de negros e operados por eles. Os navios eram o orgulho de Santop. Verdade, nunca tinham navegado para a África, só tiveram carga uma vez, e essa foi composta de gim, a metade dela consumida pelos não-pagos e sedentos marinheiros antes de que a embarcação fosse salva pela Guarda Costeira, mas tinham custado mais que qualquer outra coisa que a Sociedade de Volta à África houvesse adquirido mesmo que não valessem nada além de sucata de ferro. O senhor Licorice, que era conhecido por seus seguidores como Presidente Provisional da África,[14] Almirante da Marinha Africana, Marechal-de-campo do Exército Africano e Cavaleiro Comandante do Nilo, tinha uma personalidade propensa a ficar com lixos que lhe empurravam os vendedores habilidosos. Bastava os homens brancos lhe dizerem que era mais sagaz que os homens brancos, que ele logo puxava o talão de cheques.

Mas não adiantavam mais de nada seus talões agora. Fora atingido tão duramente como os outros negros. Porque é que um negro gostaria de voltar para a África ao custo de quinhentos dólares a passagem quando poderia permanecer na América do Norte e ficar branco por cinquenta dólares? O senhor Licorice entendia a questão mas, em vez de se escafeder de volta a Demerara, Guiana, de onde tinha vindo, para salvar sua raça da opressão, resolveu ficar e esperar que as atividades da Black-No-More SA fossem interrompidas. Enquanto isso, continuou a tentar salvar os negros ao atacar vigorosamente as outas organizações negras, e ao mesmo tempo pregando solidariedade racial e cooperação em seu jornal semanário, *A África Além Mares*, que era impresso por brancos e que até pouco tempo estava cheio de anúncios de clareadores de pele e esticadores de cabelo.

"Como está nosso caixa?", gritou de volta pelo seu precário conjunto de escritórios para sua contadora, uma bela mulata.

"Que caixa?", ela perguntou em surpresa zombeteira.

"Ei, achei que tivéssemos setenta e cinco dólares", ele soltou.

"Bem, *tínhamos*, mas o xerife pegou a maior parte ontem, caso contrário, não estaríamos aqui hoje."

"Hmm... bem, isso é mau. E amanhã é o dia do pagamento, não é?"

"Ah, para que você foi se lembrar disso? Eu já tinha me esquecido."

"Temos o suficiente para eu ir a Atlanta?", inquiriu Licorice, ansioso.

"Temos, se você quiser pegar carona."

"Bem, é claro que não posso fazer isso", riu, depreciativo.

"Sim, eu diria que não pode." retorquiu, avaliando os 120 quilos distribuídos em 1,6 metro de massa negra.

"Chame a Western Union", comandou.

"Com o quê?"

"O telefone, é claro, senhorita Hall", explicou.

"Se você conseguir alguma coisa com esse aparelho, será um homem melhor do que eu, Gunga Din."[15]

"O serviço foi cortado, minha jovem?"

"Tenta aí", gorjeou. Ele olhou pesarosamente para o aparelho.

"Há alguma coisa que eu possa vender?" perguntou o desesperado Licorice.

"Sim, se conseguisse que o xerife liberasse seu depósito."

"É mesmo, tinha me esquecido."

"Como sempre."

"Tenha mais respeito, por favor, senhorita Hall", estrilou. "Alguém pode ouvir e contar à minha esposa."

"Qual delas?", zombou.

"Cale-se", expectorou, atingido em um ponto fraco. "E tente pensar em algum modo da gente conseguir algum dinheiro."

"Acha que eu sou quem, Einsten?", disse, se aproximando e debruçando sobre a escrivaninha dele.

"Bem, se não conseguimos algumas receitas operacionais, não vou poder obter o dinheiro para pagar seu salário", ele alertou.

"Muda de disco, esse está arranhado", gracejou.

"Ah, vamos lá, Violet", ele protestou, dando um tapinha no traseiro dela. "Temos que ser sérios".

"Depois de tantos anos!", disse espantada, e se afastou.

Em desespero, ele se ergueu da cadeira giratória que guinchava, pegou seu chapéu e casaco e correu para fora do escritório. Foi para o meio-fio acenar para um táxi mas reconsiderou quando se lembrou de que meio dólar constituía o total dos seus fundos. Suspirando pesado, ele se arrastou pelos dois quarteirões até o posto do telégrafo e enviou uma longa carta para Henry Givens, Grão Mago Imperial dos Cavaleiros de Nórdica — a cobrar.

"Bem, descobriu como vai fazer?", perguntou Violet quando ele voltou ao escritório.

"Sim, mandei um telegrama para Givens", respondeu.

"Mas esse não é um dos que odeiam os negros?", foi seu comentário surpreso.

"Você quer receber seu salário, não quer?", inquiriu com malícia.

"Sim, há meses que venho querendo."

"Bem, então não me faça perguntas bobas", disparou.

Capítulo 6

Dois eventos importantes ocorreram no domingo de Páscoa de 1934. O primeiro foi uma imensa reunião no novo auditório reforçado em concreto dos Cavaleiros de Nórdica com o duplo propósito de celebrar o primeiro aniversário da sociedade secreta militante e a incorporação do milionésimo membro. O segundo evento foi o casamento de Helen Givens e Matthew Fisher, Grande Exaltado Giral dos Cavaleiros de Nórdica.

O Reverendo Givens, o Grão Mago Imperial da Ordem, nunca se arrependeu de ter recebido Fisher na ordem e fez dele sua mão direita. As adesões de membros tinham catapultado, o caixa estava cheio que estourava, mesmo com as constantes retiradas irregulares do Mago, a fábrica de condecorações estava a pleno vapor e a influência da ordem crescia tanto que o Reverendo Givens começou a sonhar com um leito na Casa Branca ou algum lugar por perto.

Há mais de seis meses a ordem vinha publicando *O Alerta*, um jornal *in-folio* trazendo sinistras manchetes em vermelho e cartuns mal rabiscados de quarto de página, tudo editado por Matthew. A nobre classe trabalhadora sulista o comprava avidamente, devorando e acreditando em cada palavra. Matthew, em editoriais em corpo 14 e com dissílabos pintava retratos terríveis da ameaça à supremacia branca e a necessidade premente de exterminá-la. Muito espertamente, conectava o Papa, o Perigo Amarelo dos Japoneses, a Invasão Alienígena e as complicações estrangeiras à Black-No-More e às articulações do demônio. Escrevia com tal brusca sinceridade que algumas vezes quase se convencia a si mesmo de que eram verdade.

Com o dinheiro fluindo, a fama de Matthew como grande administrador se espalhou pelas terras do Sul, e de repente ele virou o maior partido da região. Lindas mulheres literalmente se jogavam a seus pés e, como um ex-negro e portanto versado nas técnicas do amor, ele aproveitava todas as ofertas que lhe apeteciam.

Ao mesmo tempo, era frequentador constante da casa dos Givens, especialmente quando a senhora Givens, a quem detestava, estava ausente. Desde a primeira vez, Helen se impressionou por Mathew. Sempre desejou a companhia de um homem educado, um cientista, alguém de habilidades literárias. Matthew, a seus olhos, incorporava tudo aquilo. Só não aceitara o primeiro pedido de casamento, dois dias depois de se conhecerem, porque não via indicação nenhuma de que tivesse dinheiro, o quanto fosse. Foi facilitando para ele na medida em que o caixa dos Cavaleiros de Nórdica aumentava e, quando ele pôde se gabar de uma conta bancária de um milhão de dólares, ela concordou com o casamento e aceitou seus ardentes beijos enquanto não chegava a data.

E assim, perante a multidão ululante de Cavaleiros com camisolas, foram unidos no sagrado elo do casamento no novo auditório. Ambos, sendo recém-casados, estavam felizes. Helen tinha obtido o tipo de marido que almejara, ainda que lamentasse a associação deles com o que chamava de "povinho tacanho". Já Matthew havia conquistado a garota dos seus sonhos e estava extremamente feliz, exceto por lamentar que sua grotesca sogra ainda estava viva e alguma decepção ao verificar que sua esposa, o que tinha de beleza, tinha muito mais de ignorância.

Assim que Matthew tinha ajudado os Cavaleiros de Nórdica a irem muito bem, com dinheiro entrando a ponto de satisfazer a avareza do Reverendo Givens, começou a estudar meios e modos de ganhar algum dinheiro por fora. Ele tinha poder, influência e prestígio, e pretendia fazer bom uso deles. Assim, conseguiu reuniões individuais com vários dos líderes empresariais na capital da Georgia.

Ele sempre prefaciou suas propostas mostrando que a classe trabalhadora nunca estivera tão contente; os lucros, tão altos; e o surgimento de novas fábricas na cidade, tão intenso. Que a contínua prosperidade de Atlanta e de todo o Sul dependia em manter a mão-de-obra livre do Bolchevismo, do Socialismo, do Comunismo, do Anarquismo, dos Sindicatos e de outros movimentos subversivos. Tais filosofias anti-americanas, insistia, haviam arruinado os países europeus e, de seus quartéis generais em Nova York e outras cidades do Norte, estavam enviando seus emissários em busca de uma base no Sul para plantar o germe do descontentamento. Quando isso acontecesse, ele alertava pesaroso, então adeus aos altos lucros e à mão-de-obra satisfeita. Mostrou cópias de livros e panfletos que havia encomendado de livrarias de radicais em Nova York mas que ele garantia que estavam sendo distribuídas entre os empregados dos empresários.

Então explicava a diferença entre a defunta Ku Klux Klan e os Cavaleiros de Nórdica. Ainda que ambos estivessem interessados na moral pública, na integridade racial e na ameaça de invasão dos Estados Unidos pelo Papa, sua organização vislumbrava uma obrigação maior, a de perpetuar a prosperidade do Sul por meio da estabilização das relações industriais. Os Cavaleiros de Nórdica, favorecidos pelo crescente número de afiliados, estavam em posição de subjugar quaisquer radicalismos, falava, e então dizia na cara de pau que a Black-No-More era subsidiada pelos Bolcheviques Soviéticos. Iriam os cavalheiros ajudar a missão dos Nordicistas com uma pequena contribuição? Não só iriam como o fizeram. Sempre que tinha um rombo no fluxo de caixa dessa fonte, bastava Matthew imprimir uma pilha de tratados comunistas que seus assistentes secretos distribuíam pelos moinhos e pelas fábricas. As contribuições jorravam imediatamente.

Matthew começara essa atividade no momento certo. Havia muito desemprego na cidade, os salários estavam sendo cortados e a produção arrochada. Havia insatisfação e resmungos entre os operários e uma pequena porcentagem deles estava a fim de dizer umas verdades ao ouvido da meia dúzia de tímidos administradores dos sindicatos conservadores que eram pagos para sindicalizar a cidade mas que ainda não tinha conseguido cobrir nem a metade. Um sindicato de repente não seria má ideia.

A grande massa de trabalhadores brancos, no entanto, tinha medo de se organizar e lutar por melhores salários, por conta do medo inculcado de que os negros iriam ficar com seus trabalhos. Tinham ouvido falar da mão-de-obra negra ocupar o lugar da mão-de-obra branca sob os rifles da milícia branca, e tinham medo de arriscar. Quando leram sobre as atividades da Black-No-More SA, primeiro sentiram certo alívio, mas após os discursos da Cavaleiros de Nórdica e os editoriais do *O Alerta*, começaram a imaginar a ameaça que se punha diante deles, esqueceram tudo sobre suas atribulações econômicas e começaram a gritar pela cabeça do doutor Crookman e as dos seus associados. Porque, afinal, ninguém poderia saber mais quem era quem! Estava aí a causa de seus apertos. Os tempos andavam difíceis, assim raciocinavam, porque havia negros embranquecidos demais tomando seus empregos e abalando o padrão de vida americano. Nenhum deles jamais tinha alcançado o tal padrão de vida americano, certamente, mas esse fato não ocorreu a nenhum deles. Então se bandearam para as reuniões do Cavaleiros de Nórdica e, noite após noite, ficaram enfeitiçados enquanto o reverendo Givens, que tinha concluído o oitavo ano em uma escola rural de uma única sala de aula, explicava as leis da hereditariedade e falava com eloquência sobre o perigo iminente dos bebês negros.

Apesar de sua rompante riqueza (o dinheiro chegava tão rápido que ele mal conseguia tomar conta), Matthew mantinha contato próximo aos comerciantes e industriais. Enviava cartas particulares regularmente para homens proeminentes no mundo dos negócios do Sul, nas quais narrava a notável mudança psicológica que tomava conta da classe operária no Sul desde o nascimento dos Cavaleiros de Nórdica. Falava de como estavam descontentes e a ponto de um levante quando sua organização entrou para salvar o Sul. Sindicalismo e outras panaceias fajutas e deletérias tinham sido esquecidas, afirmava, depois que *O Alerta* revelara o perigo que corria a raça branca. Obviamente, ele acrescentava, tal trabalho requeria grandes somas em dinheiro e as contribuições dos cidadãos conservadores, substanciais e de espírito público, eram sempre aceitas. Ao fim de cada carta, aparecia um sugestivo parágrafo indicando até que ponto a prosperidade do Novo Sul era consequência de suas "instituições peculiares"[16] que tornavam o trabalhador mais consciente da raça do que consciente de classe e que se houver mais das tais "instituições peculiares" não haverá mais a prosperidade. Este raciocínio mostrou-se muito eficiente, financeiramente falando.

O grande sucesso de Matthew como organizador e sua popularidade crescente não eram vistas pelo Reverendo Givens com tranquilidade. O ex-evangelista sabia que qualquer pessoa com inteligência nos círculos superiores da ordem perceberia que o crescimento e prosperidade da Cavaleiros da Nórdica eram devido, em larga escala, ao empreendimento, eficiência e inteligência de Matthew. Já tinha chegado a seus ouvidos que muita gente sugeria que Fisher se convertesse no Grão Mago Imperial em vez de permanecer o Grande Exaltado Giral.

Givens tinha o medo dos ignorantes e a suspeita de qualquer um com uma educação melhor que a dele. Sua posição, sentia, estava ameaçada, e ele estava decididamente incomodado. Não falava e nem fazia nada a respeito, mas se preocupava a ponto de muito incomodar sua esposa. Consequentemente, ficou maravilhado quando Matthew lhe pediu a mão de Helen, e deu seu pronto consentimento com júbilo. Quando o casamento foi consumado, sentiu que a vida estava ganha e que não havia nuvens no horizonte. Os Cavaleiros de Nórdica estariam salvos em família.

Certa manhã, uma semana ou dois depois de seu casamento, Matthew estava em seu escritório quando a secretária anunciou um visitante, um tal B. Brown. Após a demora habitual que ele encenava pelo propósito de impressionar os visitantes, Matthew ordenou que entrasse. Um homem baixo e gorducho, bem vestido e de boas falas entrou e o cumprimentou. O Grande Exaltado Giral apontou para uma cadeira e o forasteiro se sentou. De repente, chegando perto de Matthew, ele sussurrou: "Não me reconhece mais, Max?".

O Grande Exaltado Giral empalideceu e ficou alerta. "Quem é você?", sussurrou aos trancos. De onde diabos aquele homem o conhecia? O encarou atentamente.

O recém-chegado riu. "Ei, sou eu, Bunny Brown, seu malandrão!"

"Macacos me mordam!", Matthew exclamou, pasmo. "Rapaz, é você mesmo?" O rosto negro de Bunny tinha miraculosamente desbotado. Parecia agora ainda mais rechonchudo e querubínico.

"Meu irmão é que não é", disse Bunny com sua risada familiar.

"Bunny, onde é que você esteve esse tempo todo? Porque não veio para cá quando te escrevi? Estava onde, na prisão?"

"Sabichão. É lá mesmo que eu estava", declarou o ex-caixa de banco.

"Preso por quê? Jogatina?"

"Por um rolo."

"Como assim 'um rolo'?", perguntou Matthew perplexo.

"É o que eu disse, garotão. Fui me enrolar com uma mina que era casada. A velha história: o marido chegou sem aviso e tive que dar um pau nele. A saída de emergência era escorregadia e eu escorreguei. Não consegui correr depois que dei de cara no chão e os tiras me grampearam. Dei sorte no tribunal, caso contrário não estaria aqui."

"Foi com uma branca?" perguntou o Grande Exaltado Giral.

"Com uma preta é que não foi", disse Bunny.

"Que bom que você também não era preto!"

"Nossas mentes estão sempre em sintonia", comentou Bunny.

"Tá com alguma grana?", perguntou Matthew.

"E estou com cara de quem tem?"

"Quer um emprego?"

"Não, eu prefiro uma posição."

"Bem, acho que consigo te arrumar aqui, com uns cinco mil para começo de conversa", disse Matthew.

"Nossa senhora! O que é que eu tenho que fazer? Assassinar o presidente?".

"Não, meu filho. É só ser minha mão direita. Você sabe, me acompanhar no grosso e no fino."

"Tudo bem, Max. Mas quando as coisas engrossarem, eu saio de fininho."

"Pelamordedeus, não me chama de Max", acautelou Matthew.

"Mas não é esse seu nome?"

"Não, seu tapado. Esses dias já ficaram para trás. É 'Matthew Fisher' agora. Se você começar a falar disso de Max eu vou ter que dar mais explicações que um guarda de trânsito."

"E pensar", imaginou Bunny, "que tenho lido a beça sobre você nos jornais, mas até reconhecer seu retrato no jornal de domingo eu não fazia ideia de quem você era. Há quanto tempo você está nesse golpe?"

"Desde o começo."

"Não me diga! Deve ter um pé-de-meia de respeito a essa altura."

"Bem, não estou apelando à caridade", riu Matthew sardonicamente.

"E quantos rabos de saia você tem agora?"

"Somente um, Bunny... regularmente."

"Qual é o problema, ficou velho demais?", brincou seu amigo.

"Não: me casei."

"Bem, isso é quase a mesma coisa. Quem é a infeliz?"

"A garota do velho Givens."

"Raios que me partam, você começou do chão, não foi?"

"Não perdi a chance. Bunny, meu velho, ela é a mesma garota que me virou a cara naquela noite no Honky Tonk", contou Matthew com satisfação.

"Cala-te, boca! Isso parece um romance", riu-se Bunny.

"Acredite se quiser, papai. É o que Deus quis", sorriu Matthew.

"Olha para você, seu diabo sortudo. Ficar branco não lhe fez mal..."

"Agora preste atenção, Bunny", disse Matthew, baixando para um tom mais sério: "de agora em diante você é o secretário particular do Grande Exaltado Giral. Esse sou eu."

"O que é um 'Giral'?"

"Não posso te dizer. Na verdade eu nem sei. Pergunte ao Givens um dia. Ele inventou isso mas se ele conseguir explicar, te dou mil pratas."

"Quando começo a trabalhar? Ou melhor, quando começo a receber?"

"Agora mesmo, velho companheiro. Aqui tem cenzinho para você se arrumar. Venha jantar comigo essa noite e se apresente a mim de manhã."

"Pai do céu!", disse Bunny. "O Sul deve ser o paraíso!"

"Vai ser o inferno se esses manés descobrirem. Então fica na encolha."

"Fique tranquilo, senhor Giral."

"Agora, Bunny. Você conhece Santop Licorice, não é?"

"E quem não conhece aquele hipopótamo?"

"Bem, ele está na nossa folha de pagamentos desde dezembro. Está brigando com Beard, Whooper, Spelling e aqueles tantos. Estava na lona e o ajudamos. Botamos o jornaleco dele para rodar e essas coisas."

"Então o velho se vendeu e traiu a raça!", exclamou o surpreso Bunny.

"Para com esse papo de raça, você não é mais um negão. Está surpreso que ele se vendeu? Não sabe de nada, inocente...", disse Matthew.

"Bem, é aquele Almirante africano", perguntou Bunny.

"Isso. Em uns dois dias, preciso que você dê um pulo em Nova York e bisbilhote para ver se vale a pena mantê-lo na folha de pagamentos. Estou com um palpite de que ninguém mais se incomoda com aquele seu jornal ou com as coisas que diz. Se isso for verdade, posso dispensá-lo, posso usar esse dinheiro com coisas melhores."

"Olha, rapaz. Isso está me deixando louco. Aqui você está lutando contra a Black-No-More, e também estão Beard, Whooper, Gronne, Spelling e o resto dos líderes negros. Mas mesmo assim você paga Licorice para lutar contra as mesmas pessoas que estão lutando contra seu inimigo. Isso é mais complicado que passado de vedete."

"É simples, Bunny, bem simples. A razão de você não entender é que não sabe nada sobre alta estratégia."

"Alta o quê?", perguntou Bunny.

"Deixa para lá. Quando puder, vai pesquisar. Mas você pode conceber o fato de que assim que o povo todo ficar branco, esse golpe todo vai ir por água abaixo, não pode?"

"Posso", disse o amigo.

"Bem, quanto mais tempo a gente puder manter o processo andando, mais tempo vamos enchendo a burra de dinheiro. Ficou claro?"

"Como um dia de primavera."

"Você fica mais esperto a cada minuto, meu velho", escarneceu Matthew.

"Vindo de você, não é nenhum elogio."

"Como eu estava dizendo, quanto mais tempo levar, mais tempo vamos durar. É do meu interesse fazer com que leve um longo tempo, mas nem eu quero parar isso, porque seria desastroso."

Bunny observou: "acho que és um cara sagaz."

"Obrigado. Então é unânime. Bem, eu não quero que meu lado fique tão acima que vá tirar o outro lado dos negócios, ou vice-versa. O que eu quero é um *status quo*."

"Eita que você ficou educado depois que veio aqui morar com os branquelos."

"Não lhes dê tanto crédito, Bunny. Se manda, agora. Vou mandar o carro a seu hotel para pegá-lo para jantar."

"Obrigado pelo elogio, meu velho, mas estou hospedado na A.C.M. É mais barato", riu-se Bunny.

"Mas será que é mais seguro?", brincou Matthew, quando seu amigo se retirava.

Dois dias depois, Bunny Brown partiu para Nova York em missão secreta. Não apenas iria espionar Santop Licorice e averiguar o quanto eficiente era seu trabalho, mas também abordaria o doutor Shakespeare Agamemnon Beard, o doutor Napoleon Wellington Jackson, o Reverendo Herbert Gronne, o Coronel Mortimer Roberts, o Professor Charles Spelling e as outras lideranças negras com vistas a conseguir que falassem para uma plateia branca em benefício da Cavaleiros de Nórdica. Matthew já sabia que eles estavam em situação financeira precária já que não tinham fontes de renda, tendo ambas as massas negras e os filantropos brancos os abandonado. Seus amigos brancos, a maioria deles plutocratas do Norte, sentiam que o problema de raça estava sendo resolvido à satisfação pela Black-No-More SA, e também os negros achavam isso. O trabalho de Bunny era convencê-los de que era melhor falar para a Cavaleiros de Nórdica e ganhar algum do que fracassar em palestrar aos negros que não estavam interessados no que eles tinham a dizer, de qualquer jeito. O Grande e Exaltado Giral tinha um interesse pessoal nesses líderes negros. Ele tinha consciência de que eram velhos demais ou incompetentes demais para ganhar a vida que não fosse pregando e escrevendo sobre o problema de raça, e desde que tinham perdido toda a influência nas massas negras, poderiam ser uma novidade a apresentar às plateias dos Cavaleiros de Nórdica. Ele achava que os discursos de integridade racial poderiam se alinhar com o dos branquelos. Sabiam mais a respeito disso do que qualquer outro palestrante, ele percebia.

Quando o trem que trazia Bunny fez uma parada na estação em Charlotte, ele comprou um jornal vespertino. A manchete quase que o derrubou:

GAROTA RICA DÁ À LUZ UM BEBÊ NEGRO

Deu um assobio curto e falou para si mesmo, "o negócio vai ferver agora". Pensou no casamento de Matthew e assobiou de novo.

Daquela vez em diante, houve frequentes relatos na imprensa sobre mulheres brancas dando à luz bebês negros. Em alguns casos, é claro, as tais mulheres brancas há pouco tinham se tornado brancas, mas a culpa pelo filho cor de alcatrão, aos olhos do público, sempre recaía nos ombros do pai, ou melhor, do marido. O número de casos continuou a aumentar. Todas as esferas da vida estavam representadas. Pela primeira vez a prevalência da promiscuidade sexual foi demonstrada às pessoas pensantes dos Estados Unidos. As autoridades nos hospitais e os médicos já sabiam, de modo geral, mas nunca tinha chegado ao conhecimento do público.

O país inteiro ficou alarmado. Centenas de milhares de pessoas, do norte ao sul, se bandearam para os Cavaleiros de Nórdica. As pessoas brancas de verdade estavam em pânico, especialmente no Sul. Não havia modo, ao que parece, de distinguir quem era branco de quem era uma imitação. Qualquer forasteiro era visto com desconfiança, o que teve um efeito bem saudável no padrão da moralidade sexual nos Estados Unidos. Pela primeira vez desde 1905, a castidade era uma virtude. O número de festinhas íntimas, que tanto tinham aumentado com o advento da aviação, caiu espantosamente. É preciso se cuidar, diziam as garotas.

As folgas dos caixeiros viajantes, dos empresários e dos delegados fraternos tinham se tornado menos agradáveis que outrora. Os velhos dias de orgia nas cidades grandes parecia que tinham ficado para trás. Também de repente começou a recair sobre os homens a noção de que as mocinhas bonitas que eles encontravam no litoral e que queriam conduzir ao altar também poderiam ser negras esbranquiçadas, e as jovens passaram a ser suspeitas. Os noivados relâmpagos e os casamentos bêbados minguaram. O matrimônio, por fim, começou a ser abordado com cautela. Uma situação que não se via desde a presidência de Grover Cleveland.

A Black-No-More SA, não demorou em aproveitar essa oportunidade para promover o negócio. Com cem sanatórios a todo vapor de uma costa à outra, agora anunciava, em página inteira na imprensa, que estava estabelecendo hospitais de internação nas principais cidades onde as futuras mães poderiam vir ter seus filhos e, sempre que um bebê nascesse negro ou mulato, receberia imediatamente o tratamento de vinte e quatro horas que os transformaria permanentemente em brancos. O país respirou aliviado, particularmente os quatro milhões de negros que tinham obtido a liberdade quando se converteram em brancos.

Em quinze dias, Bunny estava de volta. Entornando uma garrafa de um suposto e aceitável uísque, os dois amigos discutiam a missão.

"E que tal o Licorice?", perguntou Matthew.

"Inútil. É melhor você dar o pé na bunda. Está embolsando a grana e não faz nada mais além de sacar os cheques e comer regularmente. Seus seguidores são mais escassos que os judeus no Vaticano."

"Bem, e você conseguiu tratar de negócios com os outros líderes negros?"

"Não consegui achar nenhum. Os escritórios estão fechados e se mudaram para longe de onde moravam. Estão arruinados, suponho."

"Perguntou por eles no Harlem?"

"De que adianta? Todos os negros no Harlem hoje em dia são gente que veio só para ficar branca; o resto deles já largou a raça negra há um tempão. É tão difícil achar um negro hoje na Avenida Lenox do que costumava ser do Upper East Side."

"E os jornais negros? Ainda estão circulando?"

"Nada. São coisas do passado. Os negões estão ocupados demais virando branco para se incomodar em ler sobre linchamentos, crimes e exploração", disse Bunny.

"Bem", disse Mathew, "parece que o velho Santop Licorice é o último que restou da velha turma."

"É, mas não vai continuar preto por muito tempo, agora que você o vai tirar da folha de pagamento."

"Acho que ele poderia ganhar mais dinheiro permanecendo preto."

"E como é que você chegou a essa conclusão?", perguntou Bunny.

"Bem, os velhos circos populares não fecharam as portas, você sabe", disse Mathew.

Capítulo 7

Uma manhã de junho de 1934, o Grande e Exaltado Giral Fisher recebeu um relatório de um de seus operadores secretos da cidade de Paradise, na Carolina do Sul, dizendo:

Os trabalhadores aqui estão falando em entrar em greve na próxima semana a menos que Blickdoff e Hortzenboff, os proprietários da Tecelagem Paradise, aumentem os salários e encurtem as horas. O salário médio é de uns quinze dólares por semana e o dia de trabalho tem onze horas. Na última semana a companhia acelerou tanto a produção que os operários dizem que já não conseguem acompanhar o ritmo.
Os proprietários são dois alemães que vieram para este país depois da Guerra. Empregam mil cabeças, são donos de todas as casas em Paradise e operam todo o comércio. A maioria dos empregados é membro do Cavaleiros da Nórdica e querem ajuda da organização para ajudá-los a se sindicalizarem.
Aguardo instruções.

Matthew voltou-se para Bunny e sorriu. "Olha mais dinheiro aqui", comemorou, sacudindo a carta diante do rosto do assistente.

"E o que você pode fazer com isso?", perguntou cautelosamente.

"O que eu posso fazer? Bem, irmão, olha só. Fala para o Ruggles preparar o avião", ordenou. "Vamos voar para lá agora mesmo."

Duas horas mais tarde, o aeroplano de Matthew pousava no amplo e bem aparado gramado diante da Tecelagem Blickdoff-Hortzenboff. Bunny e o Grande e Exaltado Giral irromperam prédio adentro e caminharam até os escritórios.

"Com quem os senhores gostariam de falar?" perguntou a recepcionista.

"Com o senhor Blickdoff ou com o senhor Hortzenboff. De preferência, com ambos", respondeu Matthew.

"E quem gostaria?"

"O Grande e Exaltado Giral da Antiga e Honorável Ordem dos Cavaleiros de Nórdica e seu secretário", trovejou o cavalheiro. A espantada jovem recolheu-se para o santuário interior.

"É um título e tanto", comentou Bunny em meia-voz.

"Sim, o Givens sabe o que faz. Quanto mais longo e bobo for o título, mais os idiotas gostam."

A jovem voltou e anunciou que os dois proprietários teriam o prazer de receber o eminente visitante de Atlanta. Bunny e Matthew entraram no escritório marcado como "Privado".

As mãos foram apertadas, os cumprimentos foram feitos e então Matthew foi direto ao ponto. Já recebia contribuições dos dois proprietários da tecelagem, então já tinha noção de quem seriam.

"Cavalheiros", inquiriu, "é verdade que seus empregados estão planejando entrar em greve na semana que vem?"

"Foi o que ouvimos falar", bufou o corpulento porém diminuto Blickdoff.

"Bem, e o que pretendem fazer?"

"O de hábito, é claro", respondeu Hortzenboff, que se assemelhava a um barril de chope sobre pernas-de-pau.

"Não podem fazer o de hábito", alertou Matthew. "A maioria dessa gente é de afiliados dos Cavaleiros de Nórdica. Eles nos procuram por proteção e é nossa intenção protegê-los."

"Ué, achávamos que vocês eram favoráveis", exclamou Blickdoff.

"E razoáveis...", acrescentou Hortzenboff.

"É verdade", concordou Matthew. "Mas os senhores andam os apertando demais."

"Mas não podemos pagar mais", protestou o sócio atarracado. "O que vamos fazer?"

"Ah, vocês não me enganam. Sei que estão sentados na grana. Mas se acham que vale dez mil para vocês, acho que posso ajustar o problema", declarou o Grande Giral.

"Dez mil dólares?", os dois empresários engasgaram.

"Estão com a audição boa", Matthew os assegurou. "E se não toparem, vou pôr a força máxima da minha organização contra vocês. E aí vai custar cem mil para fazer com que voltem atrás."

Os alemães olhavam um para o outro, incrédulos.

"Está nos ameaçando, senhor Fisher?", choramingou Blickdoff.

"Você é bom nisso de perceber as coisas, Blickdoff", retorquiu Matthew, sarcástico.

"E digamos que nos recusemos?", arriscou o teutão mais pesado.

"Digamos que se recusem. Podem imaginar o que vai acontecer se eu mandar essa gente ficar de fora da linha de produção?"

"Vamos chamar a milícia", alertou Blickdoff.

"Não me faça rir", comentou Matthew. "Metade da milícia faz parte do meu grupo."

Os alemães deram de ombros, desalentados, enquanto Matthew e Bunny desfrutavam da confusão.

"Quanto mesmo disse que queria?", perguntou Hortzenboff.

"Quinze mil", respondeu o Grande Giral, dando uma piscadela para Bunny.

"Mas acabou de falar dez mil, um minuto atrás", berrou Blickdoff, gesticulando.

"Bem, agora é quinze", disse Matthew, "e serão vinte se vocês garotos não se decidirem logo."

Hotzenboff alcançou seu grosso talão de cheques e começou a escrever para logo dar a Matthew o cheque.

"Leve isso de volta para Atlanta de avião", ordenou Matthew, "e deposite. Segurança em primeiro lugar."

"Você age como se não confiasse na gente", acusou Blickdoff.

"E porque eu deveria?", retorquiu o ex-negro. "Vou ficar um tempo por aqui e fazer companhia aos senhores. Vocês podem inventar de mudar de ideia e sustar o cheque".

"Somos homens honestos, senhor Fisher!", berrou Hortzenboff.

"Ah, agora é a minha vez de contar piada", zombou o Grande Giral, sentando-se e pegando um maço de charutos de um estojo sobre a mesa.

Na noite seguinte os trabalhadores da tecelagem, esfarrapados, magrelos e de olhos baços, seguiram para a reunião geral convocada por Matthew na única construção de Paradise que não era de propriedade da companhia — o Salão dos Cavaleiros de Nórdica. Afluíram ao edifício decrépito, sentaram-se sobre os bancos de madeira e esperaram a palestra começar.

Era um bando de gente triste, mal nutrida, ossuda e de olhar vazio e ainda assim tinham vislumbrado uma tênue luz. Sem sugestões ou agitações vindas do mundo exterior, dos quais estavam quase totalmente alienados como se estivessem na Sibéria, conversaram entre eles e concluíram que não havia outra esperança para eles que não a organização. Do que sentiam falta era de uma liderança, e a procuravam nos Cavaleiros de Nórdica, já que eram quase todos filiados a ela e não havia outro grupo à mão. Esperaram com paciência pelas palavras de sabedoria e encorajamento que esperavam ouvir dos lábios se seu amado Matthew Fisher, que agora olhava para baixo, para eles, com um humor cínico misturado com nojo.

Não tiveram que esperar muito. Um alto e esguio alpinista, que fazia o papel de presidente da sessão, após implorar aos trabalhadores que permanecessem unidos, como homens e mulheres, apresentou o Grande e Exaltado Giral.

Matthew falou de modo vigoroso e direto ao ponto. Recordou a todos que eram homens e mulheres, que eram livres, brancos e maiores de idade; que eram cidadãos dos Estados Unidos; que os Estados Unidos eram o país deles tanto quanto era o do Rockfeller; que tinham que ficar juntos em defesa de seus direitos como classe trabalhadora; que o trabalhador era digno de seu trabalho; que nada deveria ser mais importante para eles que a manutenção da supremacia branca. Insinuou que mesmo entre eles deveria ter alguns negros que tinham virado brancos pela Black-No-More. Tais indivíduos, insistiu, não prestavam para a sindicalização, porque sempre mostravam suas características de negro e fugiam diante da crise. Concluindo com um fervoroso apelo à Liberdade, Justiça e a um acordo direito, ele se sentou em meio a uma tumultuosa ovação. Aproveitando o entusiasmo, o presidente começou a convocar novos membros. Felizes da vida, as pessoas circundam a mesinha diante do palco, dando seus nomes e pagando suas taxas.

Swanson, o presidente e reconhecido líder dos militantes, ficou animado com o resultado do encontro. Deu um tapa nas coxas, à maneira dos alpinistas, passou o tabaco que mascava de um lado para outro da boca, com os olhinhos azuis-claros brilhando, e "permitiu" que Matthew ficasse sabendo que logo o sindicato iria impor suas condições aos proprietários da Tecelagem Paradise. O Grande e Exaltado Giral concordou.

Dois dias mais tarde, de volta a Atlanta, Matthews teve uma conferência com meia dúzia de seus operadores secretos em seu escritório. "Vão para Paradise e façam o que tem que ser feito", comandou. "E façam direito."

No dia seguinte, os seis homens apearam do trem na cidadezinha da Carolina do Sul, se registraram no hotel local e começaram a trabalhar. Fizeram saber que eram oficiais dos Cavaleiros de Nórdica enviados pelo Grande e Exaltado Giral para garantir que os trabalhadores da tecelagem conseguissem um acordo direito. Se empenharam em visitar as casinhas de três cômodos dos trabalhadores, que pareciam todas iguais, e conversavam com bastante confidencialidade.

Em um dia ou dois começou a circular o rumor de que Swanson, o líder dos elementos radicais, era na verdade um ex-negro de Columbia. Calhou de que, uns dois anos antes, ele havia morado naquela cidade. Consequentemente, ele admitiu prontamente que havia morado lá quando foi perguntado, de modo inocente, por um dos forasteiros na presença dos trabalhadores. Quando Swanson não estava vendo, o agente da Cavaleiros fez uma expressão de rosto indicativa para os outros do grupo.

Foi o bastante. Para os trabalhadores simplórios, a admissão de Swanson era prova conclusiva da acusação de ter sido um negro. Quando ele convocou outra reunião de grevistas, ninguém veio, a não ser alguns homens de Fisher. O sujeito grandalhão estava a ponto de chorar por conta da inexplicável deserção de seus seguidores. Quando alguns dos operadores secretos lhe contaram o motivo, ele ficou furioso.

"Não sou nenhuma porra de *nigger*", berrou. "Sou um homem branco e posso provar."

Infelizmente, ele não pôde provar satisfatoriamente para seus companheiros que não era um negro. Eles estavam irredutíveis. Pelas ruas, quando cruzavam com ele, passavam sem falar e reclamaram com os capatazes na tecelagem que não queriam trabalhar com um negro. Desolado e desesperado, após uma semana de esforços em vão, Swanson ficou feliz em aceitar o dinheiro para uma passagem para fora das redondezas, de um dos homens de Fisher que fingia ser solidário.

Com a partida de Swanson, a causa dos operários da tecelagem levou um sério golpe, mas os três líderes remanescentes tentaram levá-la adiante. E os operadores secretos do Grande Exaltado Giral voltaram à carga. Um dos agitadores foi questionado se era verdade que um de seus avós era *nigger*. Refutou com veemência a acusação, mas por ser ignorante sobre a identidade do seu pai, ele não podia ter tanta certeza sobre seu avô. Foi sua danação. Dentro de uma ou duas semanas, os outros dois foram similarmente descartados. O rumor que circulou foi que aquilo de greve era tudo ideia de uns *niggers* malandros do Norte que estavam a soldo do Papa.

A recém obtida consciência de classe dos trabalhadores perdeu para o terror do espectro do sangue negro. Não dava mais, diziam, para ter certeza de ninguém, e era melhor deixar as coisas como eram do que arriscar serem liderados por algum *nigger*. Se os de cor não tinham o direito de sentar no cinema ou andar nos trens com os brancos, também não era certo eles organizarem e liderarem os brancos.

Os radicais e sindicalistas de Nova York estavam acompanhando atentamente os desdobramentos em Paradise desde que a grande reunião na qual Matthew palestrara fora transmitida pelo serviço noticioso da Cavaleiros de Nórdica. Quando parecia que os trabalhadores da tecelagem estavam, por alguma misteriosa razão, para abandonar a ideia de greve, os organizadores liberais e radicais foram enviados à cidade para ver o que poderia ser feito para atiçar o espírito de revolta.

O representante do trabalhismo liberal chegou primeiro e imediatamente anunciou uma reunião no Salão dos Cavaleiros de Nórdica, o único local disponível. Ninguém veio. O homem não conseguia entender. Ele caminhou até a praça, abordou um grupo de homens e lhes perguntou qual era o problema.

"Vocês são lá do Harlem em Nova York, não são?", perguntou um dos moradores.

"Sim, eu moro no Harlem. O que tem isso?"

"Bem, a gente não vai aceitar nenhum *nigger* maldito liderando a gente, e se você sabe o que é bom para sua saúde, é melhor voltar para lá ligeiro", declarou.

"De onde é que vocês tiraram isso de negro?", perguntou o pasmo e insultado organizador. "Sou um homem branco."

"Você não é o primeiro *nigger* branco por estas bandas", foi a resposta.

O organizador, intrigado mas indefeso, ficou na cidade por uma semana e então foi embora. Alguém havia contado àquele povo simplório que o Harlem era o distrito negro de Nova York, depois de levantar que o organizador vivia naquele distrito. Para eles, "Harlem" e "Negro" eram sinônimos, e o sindicalista estava condenado.

O sindicalista radical, a quem foi recusada permissão para usar o Salão dos Cavaleiros de Nórdica por ser judeu, foi impedido de fazer uma reunião na rua porque alguém começou um rumor de que ele acreditava em redistribuir propriedade, nacionalizar as mulheres e, ainda por cima, era um ateu. Ele admitiu livremente a primeira acusação, riu da segunda e proclamou com orgulho a terceira. Isso foi o suficiente para inflamar os trabalhadores, ainda que Deus fosse estranhamente surdo às preces deles, que eles não tivessem propriedade alguma e que suas mulheres eram tão feias que não haveria risco algum de um forasteiro as nacionalizar. O discípulo de Lênin e Trotsky desapareceu pela estrada com um bando de trabalhadores fracotes em seu encalço.

Logo tudo ficou em paz em Paradise, Carolina do Sul. Seguindo o conselho de um conciliador do Departamento do Trabalho dos Estados Unidos, Blickdoff e Hortzenboff, tomaram imediatas medidas para fazer seus trabalhadores satisfeitos com o pagamento, o trabalho e sua cidadezinha. Construíram uma piscina, uma quadra de tênis, chuveiros e um playground para seus empregados, mas se esqueceram de encurtar as horas de trabalho, então não tinha como eles aproveitarem dessas melhorias. Anunciaram que dariam a todos os trabalhadores um bônus equivalente a um dia inteiro de trabalho na época de natal, daquela data em diante, e que dariam uma semana de férias, todos os anos, para cada empregado que já estivesse com eles há mais de dez anos. Não havia nenhum trabalhador em tal condição, é claro, mas eles ficaram em êxtase com essa conquista.

O pastor batista local, que era atenciosamente pago pela companhia com o entendimento de que teria uma visão mais prática das condições da comunidade, disse a seu rebanho que os patrões deveriam ser louvados por adotarem uma maneira cristão e americana de resolver as dificuldades entre eles e os trabalhadores. Sugeriu que era bem provável que Jesus, se estivesse na posição deles, teria feito da mesma maneira.

"Sejam gratos pelas pequenas coisas", mugiu. "Deus trabalha por linhas tortas para operar seus milagres. Saberás a verdade e a verdade vos libertará. A base de tudo é a verdade. Não devemos nos deixar levar pelo veneno das línguas das víboras. Aqui são os Estados Unidos, não a Rússia. Patrick Henry disse: 'dê-me a liberdade ou dê-me a morte' e o verdadeiro cidadão viril, de verdade, cem por cento americano, diz a mesma coisa hoje em dia. Mas há a maneira certa e a maneira errada de obter a liberdade. Seus patrões fizeram da maneira certa. Pois o que é a liberdade se não desfrutar da vida, e então eles não puseram ao alcance de vocês estas coisas que trazem alegria e recreação?"

"Os patrões de vocês estão interessados, assim como todos os americanos, no bem-estar dos seus concidadãos, da gente da cidade deles. Os corações deles batem por vocês. Estão sempre pensando em vocês. Estão sempre planejando trazer melhores condições para vocês. Estão sinceramente fazendo tudo o que está ao alcance deles. Eles têm um pesado fardo de responsabilidades".

"Então vocês têm de ser pacientes. O mundo não foi feito em um dia. Tudo o que é bem feito levou tempo para fazer. Cristo sabe o que faz e não vai permitir que seus filhos sofram."

"Oh, tende um pouco de fé! Não deixai que vossos corações se encham de inveja, ódio e animosidade. Não deixai que suas mentes sejam iludidas pela trapaça. Vamos agir e pensar como Deus quer e, acima de tudo, vamos, como esses dois homens gentis, praticar a tolerância cristã."

Apesar da mensagem inspiradora, estava claro para todos que Paradise nunca mais seria a mesma. Os rumores continuaram a circular. As pessoas sempre perguntando umas às outras perguntas constrangedoras sobre nascimento e sangue. As brigas começaram a ser mais frequentes. Grande parte dos trabalhadores, tendo nascido no Sul, não tinham como desacreditar as acusações de terem ascendência negra, e assim eram forçados a deixar a região. A mão-de-obra da tecelagem estava tão ocupada falando sobre o sangue negro que ninguém pensava em discutir salários e horas de trabalho.

Em agosto, os senhores Blickdoff e Hortzenboff, de passagem por Atlanta a negócios, passaram pelo escritório de Matthew.

"Bem, como foi a greve?", perguntou o Grande Giral.

"A greve!", ecoou Blickdoff. *"Ach Gott!* A greve nunca aconteceu. O que você fez, seu malandro?"

"Isso é segredo meu", respondeu Matthew, com certo orgulho. "Segredos do ofício, vocês sabem...".

Aquele tinha de fato se tornado o ofício de Matthew e ele estava bem engajado. O que acontecera em Paradise tinha acontecido também em outros lugares. Não havia mais rumores de greves. A classe trabalhadora estava muito mais interessada no que considerava, ou assim lhes afirmaram, o problema maior da raça. Não importava que eles tivessem que mandar seus filhos pequenos para a tecelagem para aumentar a renda familiar; que estivessem sempre doentes e que a taxa de mortalidade fosse alta. Que importava essas bobagens se a base da civilização, a supremacia branca, estava sob ameaça?

Capítulo 8

Já fazia dois anos que a Black-No-More SA vinha desempenhando a autoincumbida tarefa de transformar negros em caucasianos. O trabalho estava quase concluído, exceto pelas pessoas negras nas prisões, orfanatos, manicômios, lares para idosos, casas de correção e instituições assemelhadas. Aqueles que sempre afirmavam que seria impossível reunir os negros que não fosse para um culto, um funeral ou uma farra, tinham que admitir que os negros tinham trabalhados todos juntos em se tornarem brancos. Os pobres foram auxiliados por quem tinha mais dinheiro, os irmãos ajudavam as irmãs, as crianças eram assistidas pelos pais. Tinham revivido um pouco do mesmo espírito de aventura que prevalecia nos dias da Ferrovia Subterrânea. Como resultado, até no Mississipi negros eram uma coisa rara. No norte, os únicos negros que podiam ser vistos eram os bebês mulatos cujas mães, encantadas pela linda cor de seus filhotes, tinham desafiado as convenções e deixado de transformá-los em brancos. Já que nunca haviam passado de dois mihões os negros no norte, o processo embranquecedor foi visto com indiferença pelas massas, porque aqueles que controlavam os canais de opinião sentiam que o país estava se livrando de um problema embaraçoso, e praticamente de graça. Mas não era assim no Sul.

Como um terço da população da ex-Confederação[17] consistia dos tão vilipendiados filhos de Cam,[18] os negros tinham uma grande relevância econômica, social e psicológica naquela parte do país. Não somente tinham feito o trabalho sujo e pesado e construído as bases para a riqueza, como também tinham servido como bodes-expiatórios para a classe alta quando o proletariado branco ficava agitado com sua exploração. A presença dos negros como uma classe inferior também tinha feito do Sul uma parte única dos Estados Unidos. Lá, a despeito da marcha de industrialização, a vida era um pouco diferente, um pouco mais agradável, um pouco mais fácil. Havia contraste e variedade, o que era raro em uma nação onde a padronização tinha chegado a um ponto em que um viajante não saberia em que cidade estava se ninguém o informasse. O Sul sempre fora identificado com o negro, e vice-versa, e suas memórias mais agradáveis, gravadas em canções e histórias, foram construídas em torno dessa classe de párias.

A profunda preocupação dos caucasianos do Sul com o cavalheirismo, a proteção das mulheres brancas, o desenvolvimento exagerado do orgulho da raça, e a estudada arrogância mesmo do mais pobre e esfarrapado dos peões brancos, eram por conta da presença do homem negro. Esmagados e exauridos por seus senhores feudais da agricultura e da indústria, as massas brancas extraíam o pouco de consolo e alegria que conseguiam do fato de que eram da mesma cor da dos opressores e consequentemente superiores aos negros.[19]

Os prejuízos do Sul com a migração intraétnica eram consideráveis. Centenas de vagões, que há muito tinham sido condenados como armadilhas letais em outras partes do país, tiveram que ser descartadas pelas ferrovias quando já não havia negros a serem obrigados, pelas leis Jim Crow, a viajar em tais velharias. Milhares de salas de espera em estações ferroviárias ficaram sem uso já que, tendo sido criadas para separar os negros do resto dos passageiros, eram deterioradas ou feias demais para uso dos brancos. Milhares de quilômetros nas ruas localizadas nos bolsões negros e, portanto, sem esgoto ou pavimentação, eram consertadas e remodeladas por exigência da crescente população branca, tanto a real quanto a de imitação. Os proprietários de imóveis que nunca haviam sonhado em fazer reparos em seus cortiços deteriorados, quando estavam ocupados por negros dóceis, foram forçados a derrubar, reconstruir e reformar para acomodar os inquilinos brancos. Barracões que antes eram considerados suficientes para abrigar escolas para os filhos dos negros, agora tinham de ser condenados e abandonados uma vez que não eram dignas para o uso dos brancos. E se antes milhares de professores negros recebiam trinta ou quarenta dólares por mês por conta de sua ascendência negra, muitas cidades do Sul tinham agora que pagar o salário padrão, como nos outros lugares.

Naturalmente, os impostos subiram. As Câmaras de Comércio já não podiam mais oferecer subsídios ou isenções para atrair as empresas do Norte e nem havia mais espaços baratos para a construção. Somente pelos esforços do Grande e Exaltado Giral dos Cavaleiros de Nórdica é que ainda podiam contar com uma larga oferta de mão-de-obra anglo-saxônica dócil e contentada. Mas quem sabe até quando aquela condição poderia durar?

Em consequência, as classes altas viam o futuro com certa apreensão. Como se já não bastasse terem perdido o prazer de manter uma amante negra, havia o sentimento de que logo haveria uma revolta contra as condições medievais de trabalho nas fábricas, com a consequente redução dos lucros e dividendos. Os barões das tecelagens viam com o horror a perspectiva de terem que abrir mão do trabalho infantil. Recostando-se em suas cadeiras acolchoadas, apoiavam suas bochechas rechonchudas nas mãos bem manicuradas e lamentavam o fim iminente dos idílicos dias de outrora.

Se o Sul havia perdido seus negros, certamente não havia perdido os votos deles, e a oligarquia política que sempre mandara na região ia perdendo sua velha empáfia e complacência. Os republicanos abiscoitaram espaço aqui e ali nas eleições de 1934. A situação política estava mudando e, se não fossem tomadas providências drásticas, os republicanos poderiam tomar o fiel Sul, e assim destruir o partido democrata.[20] Faltavam menos de dois anos para as eleições presidenciais. Teriam de agir rápido para evitar o desastre. Alguns analistas, do Norte e do Sul, já previam que a classe trabalhadora abandonaria ambos os velhos partidos e abraçariam o socialismo. Os políticos e empresários tinham calafrios em pensar em tal tragédia e tinham visões tenebrosas de aposentadorias por idade, turnos legais de oito horas de trabalho, seguro desemprego, adicionais de periculosidade, legislação de salário-mínimo, abolição do trabalho infantil, disseminação da informação sobre anticoncepcionais, folgas mensais para trabalhadoras mulheres, licenças maternidade remuneradas de dois meses, e a provável morte da livre iniciativa ao tirar a posse do capital nacional das mãos de dois milhões de pessoas e colocá-lo na mão de 120 milhões.[21]

O que explica porque o Senador Rufus Kretin da Georgia, um dos medalhões do partido Democrata, incomparável feitor de negros, servidor fiel dos interesses econômicos dominantes no estado e o lúbrico pai de várias famílias negras logo embranquecidas, entrou no escritório do Grão Mago Imperial Givens um dia de março, 1935.

"Rapazes", começou, uma vez que, com Givens, estavam Matthew e Bunny, no novo e modernista palácio da Nórdica, entornando bebidas ilegais. "Temos que fazer alguma coisa e tem que ser rápido. Esses malditos *yankees* do Norte estão ganhando terreno em nossas bases. O voto republicano está crescendo. Ninguém sabe mais o que vai acontecer nas eleições."

"O que podemos fazer, senador?", perguntou o Grão Mago Imperial. "Como podemos ajudar à causa?"

"É isso mesmo. É por isso que vim aqui", respondeu o senador. "Estávamos pensando que vocês poderiam manter esses malditos caipiras na linha. Vocês são homens inteligentes, já sabem do que estou falando, não sabem?"

"Bem, é uma tarefa pesada, Coronel", disse Givens.

"Verdade", acrescentou Matthew. "Vai ser uma proposta dura. As condições não são mais as que costumavam ser."

"É", disse Givens. "Não dá mais para usar aquela conversa de negros, como a gente costumava fazer quando a velha Klan estava operando."

"E que tal um daquelas ameaças de comunistas?", perguntou o senador, esperançoso.

"Hmpf!", fez o clérigo. "Melhor deixar esse negócio de comunista de lado. Os tempos mudaram. De qualquer modo, esses malditos vermelhos vão acabar vindo para cá e é melhor não dar ideia."

"Acho que tem razão, General", refletiu o legislador. Então, animando-se: "olha aí, Givens. Esse sujeito aí, o Fisher, é bem esperto. Porque não deixa ele propor algo?"

"Sim, ele é", concordou o Mago, feliz por ter escapado do trabalho que não fosse o de cuidar do caixa da sua organização. "Se tem alguém que pode conseguir, é ele. Ele e Bunny são tão sagazes quanto aqueles escuros de antigamente. Vai com ele!" Sorriu condescendente enquanto apontava para seu brilhante genro e seu rechonchudo secretário.

"Bem, dinheiro há. Estamos cheios da grana. O que precisamos agora é de votos", explicou o senador. "Porque já não dá mais para ficar nessa de apelar para a supremacia branca se na verdade já não existem mais negros."

"Deixa comigo. Vou dar um jeito", disse Matthew. Lá estava uma chance de obter mais poder, mais dinheiro. Ainda que estivesse ocupado, não poderia deixar a oportunidade escapar.

"Não tem tempo a perder", alertou o senador.

"E não vamos", completou Givens.

Alguns minutos mais tarde, tomaram a saideira, apertaram as mãos e o senador, acenando para as jovens na recepção, partiu.

Matthew e Bunny se retiraram para o escritório privado do Grande e Exaltado Giral.

"Como é que você vai resolver essa?", perguntou Bunny.

"Tranquilo. Vamos tentar a história dos negros que sempre dá certo."

"Mas isso é passado, irmão", protestou Bunny. "Esses otários não vão cair nessa de novo."

"Bunny, se eu aprendi alguma coisa nesse negócio é que o ódio e o preconceito sempre vencem. Essa gente cresceu ouvindo o 'problema' negro, estão acostumadas a isso, estão treinadas para reagir a ele. Porque é que vou ficar me encasquetando, procurando outra coisa quando posso usar o velho golpe que sempre dá certo?"

"Pode ser que dê."

"Sei que vai dar. Deixa comigo", disse Matthew, confiante. "Isso não me preocupa nem um pouco. O que me agonia mesmo é que minha esposa está para aumentar a família." Matthew parou de se gabar um momento, com um sincero esgar de dor em rosto geralmente irônico.

"Parabéns", celebrou Bunny.

"Não vem com essa", Matthew respondeu. "Você sabe muito bem que cor vai ter o garoto."

"É verdade", concordou o parceiro. "Tem horas que eu esqueço quem somos."

"Bem, eu não esqueço. Sou preto e fico sempre alerta."

"O que pretende fazer?"

"Não sei, garotão. Não sei. Eu de costume a mandaria para um desses hospitais maternidades da Black-No-More, mas ela ficaria suspeita. Mas se o filho nascer, certamente será negro."

"Branco não vai ser", concordou Bunny. "Porque não conta tudo para ela? Já que é tão louca por você, acho que ela não relutaria em ir."

"Cara, você deve estar perdendo o juízo. Se já não perdeu!", explodiu Matthew. "Ela odeia os *niggers* mais do que o pai dela. Ela iria correr para o divórcio num piscar de olhos."

"Você tem dinheiro demais para ela se divorciar."

"Você está assumindo que ela tem inteligência de sobra."

"E não tem?"

"Não vamos entrar nesse assunto espinhoso", implorou Matthew. "Sugira uma solução."

"Ela não tem que saber que está indo para um dos hospitais do Crookman, tem?"

"Não, mas não consigo que ela saia de casa para ter o bebê."

"Por que?"

"Ah, um maldito sentimentalismo, ela quer ter o filho na velha casa, e a maldita mãe dela a apoia. Então o que vou fazer?"

"Então a casa velha é a única coisa que está impedindo?"

"Você é esperto, Bunny."

"Não precisa falar o óbvio. Falando sério, acho que dá para resolver tudo."

"Como", perguntou Matthew, ansioso.

"Vale cinco mil?", calculou Bunny.

"Dinheiro não é problema, você sabe. Mas explique sua proposta."

"Não. Você me dá cinquenta notas de cem que eu explico depois."

"Acordo feito, velho amigo."

Bunny Brown era um homem de ação. Naquela noite mesmo entrou no Café Niggerhead, ponto de encontro das classes questionáveis, e sentou-se a uma mesa. O lugar estava cheio de gente engolindo seus *white mules* e se contorcendo às vibrações que saíam do alto-falante do rádio. Uma música dançante popular à época, "O Blues do Homem Negro", enchia o salão. Os compositores estavam ganhando uma fortuna, recentemente, escrevendo canções sentimentais sobre o desparecimento do negro. A voz lamuriante do cantor de blues vertia do alto-falante:

Para onde será que foi o meu negão
Ah, mas para onde será que foi o meu negão
Será que ele desbotou e me deixou para trás?

Quando a música terminou e os dançarinos voltaram para suas mesas, Bunny começou a procurar. Em um canto, viu um garçom cujo rosto lhe parecia familiar. Esperou que o sujeito estivesse por perto quando chamou por ele. Quando o garçom aproximou-se para tomar o pedido, ele o estudou atentamente. Já havia visto aquele sujeito em algum lugar. Quem poderia ser? De repente, lembrou dele com um assombro. Era o doutor Joseph Bonds, antigo diretor da Liga da Estatística Negra em Nova York. O que o teria atraído para aquele lugar, e naqueles condições? Da última vez que havia visto Bonds, ele era um poderoso no mundo negro, com um casa de campo em Westchester e um apartamento supimpa na cidade. Bunny ficou triste em pensar como a tragédia se abatera sobre um tal homem. Nem ficar branco, ao que parece, tinha lhe ajudado muito. Lembrou-se como Bond, nos dias de glória, recebia dos filantropos brancos com o slogan: "Queremos Trabalho, não Caridade" e riu ao pensar que Bonds agora ficaria feliz em receber um pouco de caridade e nem tanto trabalho.

"Está a fim de ganhar uma nota de cem?", perguntou ao ex-líder negro quando voltou com sua bebida.

"Primeiro mostra, senhor", disse o garçom, mordendo os beiços. "O que quer que eu faça?"

"E o que você faria por cem verdinhas?", seduziu Bunny.

"Odiaria ter que te contar", respondeu Bond, sorrindo e revelando seus característicos dentes manchados de tabaco.

"Você tem um amigo em quem possa confiar?"

"Sim, um sujeito chamado Licorice, que limpa os pratos lá nos fundos."

"Não está falando de Santop Licorice, está?"

"Shh! Ninguém sabe que ele está aqui", assustou-se o garçom.

"Ah, eu não vou contar nada a ninguém, mas sei que você é o Bonds, de Nova York."

"Quem te contou?"

"Ah, foi uma fadinha."

"E como pode ser? Eu não ando com elas!"

"Não foi esse tipo de fada", Bunny o tranquilizou, rindo. "Bem, fale com Licorice e venham para meu hotel quando fechar aqui."

"E onde é isso?", perguntou Bonds. Bunny anotou seu nome e um número de quarto em um guardanapo e entregou a ele.

Três horas depois, Bunny foi acordado por uma batida em sua porta. Deixou Bonds e Licorice entrarem, esse último com um cheiro forte de comida.

"Aqui está", disse Bunny, segurando uma cédula de cem dólares. "Se vocês rapazes puderem deixar seus escrúpulos de lado por algumas horas, vão receber cinco dessas, cada um".

"Bem", disse Bonds. "Nem Santop nem estamos, digamos, com excesso dessas."

"Foi o que pensei", murmurou Bunny e passou a delinear o trabalho que queria que eles fizessem.

"Mas isso seria um crime", protestou Licorice.

"*Até tu, Brutus?*", zombou Bunny.

"Bem, a gente não vai arriscar a sorte se não tivermos proteção", argumentou fracamente o antigo Presidente da África. Estava sedento pelo dinheiro e procurando meios para voltar à Demerara, Guiana, onde, uma vez que lá havia uma grande população negra, ele, um homem branco, em virtude da cor de sua pele, teria algum valor. Ainda sim, tinha experiência atrás das grades suficiente para ficar com o pé atrás.

"Nós mandamos nesta cidade, e neste estado também", Bunny o assegurou. "Poderíamos usar nossos homens para isso, mas não seria uma boa estratégia."

"E que tal mil para cada um?", perguntou Bonds, com os olhos brilhantes ao ver a cédula nova em folha na mão de Bunny.

"Está aqui.", disse Bunny. "Levem essa de cem, comprem o material e façam o trabalho. Quando tiverem terminado, vão ter mais dezenove dessas para dividirem."

Os dois comparsas olharam um para o outro e anuíram.

"Vamos nessa.", disse Bonds.

Partiram e Bunny voltou a dormir.

Na noite seguinte, por volta das onze e meia, as sirenes começaram a soar e as lamuriantes sirenes dos carros de bombeiro acordaram toda a vizinhança do Reverendo Givens. A imponente casa, construída com dinheiro da Ku Klux Klan, ardia em chamas. Os bombeiros fizeram a água jorrar sobre o fogo, mas a casa parecia condenada a ruir.

No gramado do outro lado da rua, no meio da multidão que os consolava, estavam o reverendo Givens, a senhora Givens, Helen e Matthew. O velho casal recebeu a catástrofe com fatalismo resignado, Matthew estava intrigado e desconfiado, mas Helen estava histérica. Tinha um aspecto esfarrapado e inconsolável com um cobertor em torno de sua camisola. Voltava a chorar sempre que olhava para a construção em chamas onde tinha passado sua infância feliz.

"Matthew", soluçava. "Pode construir uma nova igualzinha a ela?"

"Ah, certamente, querida", ele concordava. "Mas vai levar um tempinho."

"Eu sei... mas eu quero tanto."

"Bem, você vai ter, meu bem", a consolou, "mas acho que seria uma boa ideia você se afastar um pouco para descansar os nervos. Temos que pensar no pequenino que está a caminho, você sabe."

"Não vou para lugar nenhum!", gritou.

"Mas é melhor você ir", argumentou. "Não concorda, mãe?" A velha senhora Givens concordou que seria uma boa ideia, mas sugeriu ir junto. Sobre isso o velho Givens não queria nem ouvir falar, mas acabou concordando.

"Acho que no fim vai ser uma boa ideia", comentou. "As mulheres estão sempre atrapalhando quando tem uma construção."

Matthew estava embatucado quanto à mudança dos rumos. A caminho do hotel, se sentou ao lado de Helen, alternadamente a consolando e se perguntando como o incêndio teria começado.

Na manhã seguinte, bem cedo o reluzente Bunny, de sorriso largo ao entrar no escritório, jogou o chapéu no gancho e sentou-se à escrivaninha depois da saudação habitual.

"Bunny", chamou Matthew, o encarando. "Me conta."

"O que quer dizer?", perguntou Bunny, inocente.

"Foi o que pensei", riu-se Matthew. "Você é um cara de pau."

"Bem, não sei do que está falando", disse Bunny, mantendo a pose.

"Fala sério, garotão. Quanto custou aquele incêndio?"

"Você me deu cinco mil, não deu?"

"É mesmo um *nigger:* ninguém consegue uma resposta direta de você."

"Está satisfeito?"

"Chorando é que não estou."

"Helen vai para o Norte?"

"Nada menos que isso."

"Bem, então porque é que quer saber o como e o porquê das chamas?"

"Só curiosidade, meu amigo Nero", sorriu ironicamente Matthew.

"Lembre-se", alertou Bunny com malícia, "a curiosidade matou o gato."

A campainha do telefone interrompeu a conversa.

"O que foi?", berrou Matthew no aparelho. "Não! Está bem, estou indo agora mesmo." Bateu o fone no gancho, saltou e ansiosamente pegou o chapéu no gancho.

"Qual é o problema?", berrou Bunny. "Alguém morreu?"

"Não", respondeu o agitado Matthew. "Helen teve um aborto espontâneo", e saiu correndo do escritório.

"Então alguém morreu mesmo", murmurou Bunny, para si.

Joseph Bonds e Santop Licorice, bem escanhoados e imaculadamente vestidos, seguiram o comissário irlandês até seu vagão de primeira classe no Expresso de Nova York.

"Ah, como é bom voltar à vida mansa", suspirou Bonds, se estirando na poltrona acolchoada e puxando um imenso charuto.

"Não é mesmo?", concordou o ex-almirante da Marinha Africana.

Capítulo 9

Bunny, deu tudo certo", anunciou Matthew, muitas manhãs depois, ao entrar no escritório.

"O que é que deu certo?"

"A proposta política."

"Explica."

"Bem, vai ser assim. Primeiro vamos pôr o Givens no rádio. Rede nacional, você sabe, uma vez por semana durante dois meses."

"E sobre o que ele vai falar? Você é quem vai escrever o roteiro?"

"Ah, ele sabe como encantar esses caipiras. Vai apelar para o povo americano ficar em cima da administração republicana até que fechem os sanatórios do doutor Crookman e deportem todo mundo ligado à Black-No-More."

"Não dá para deportar quem é cidadão, mané", protestou Bunny.

"Mas isso não impede ninguém de demandar. Isso é política, garotão."

"Ok, o que mais tem no programa?"

"Depois: vamos começar uma campanha de denúncias contra os republicanos n'*O Alerta,* conectando-os com o Papa, a Black-No-More e ao que mais a gente pensar."

"Mas eles eram praticamente anti-católicos em 1928, não eram?"

"Isso foi sete anos atrás, Bunny. Sete anos atrás. Tenho que ficar sempre lembrando que as pessoas não se lembram de nada? Então a gente manda o velho escreva-para--seu-deputado-escreva-para-seu-senador. A gente imprime o modelo da carta n'*O Alerta* e os leitores fazem o resto."

"Mas não dá para ganhar uma campanha só com isso", disse Bunny, desdenhoso. "Não tem nada melhor que isso, irmão?"

"Bem, o passo seguinte é surpresa, meu velho. Vou manter essa carta na manga até mais tarde. Mas quando eu a soltar, camarada, vou dar uma pernada em todo mundo." Matthew sorriu misteriosamente e alisou seus cabelos de um louro pálido.

"E quando começamos o golpe com o rádio?", bocejou Bunny.

"Vamos falar com o chefe", disse Matthew, se erguendo, "e ver como ele está de datas."

Na quinta-feira seguinte, às oito e quinze da noite, milhões de pessoas aguardavam diante dos alto-falantes, ansiosos pela anunciada proclamação à nação do Grão Mago Imperial dos Cavaleiros de Nórdica. O programa começou em ponto:

"Boa noite, senhoras e senhores ouvintes. Aqui é a estação Q.U.E. de Atlanta, Georgia, e este é Mortimer K. Shanker, seu locutor. Esta noite oferecemos um programa de tremendo interesse para todos os cidadãos dos Estados Unidos. Nossa associação com a rede da Companhia de Transmissão Bestônica nos permite chegar a cem milhões de cidadãos com a mais importante das mensagens já endereçadas ao público norte-americano."

"Antes de apresentar o distinto palestrante desta noite, temos um presente para os senhores. Jack Albert, o bem conhecido cantor da Broadway e comediante, concordou gentilmente em nos regalar com sua canção tão popular nos dias de hoje, 'Mammy sumida'. O senhor Albert será acompanhado por essa formidável formação de talentos, os Bogalusa Babies de Sammy Cafunga... Venha cá, Al, diga uma palavra às damas e aos cavalheiros da plateia antes de começar."

"Ah, olá, pessoal. Que maravilha ver tantos de vocês esta noite. Quer dizer, é modo de dizer, eu suponho que haja muitos de vocês por aí. Sabem como eu gosto de me gabar e, além disso, não estou usando meus óculos, então não consigo ver muito bem."

"Mas quem procura, cachaça, como dizem os contrabandistas. Estou tremendamente feliz por começar um programa como este com uma das minhas canções que mais amo. Vocês sabem, eu penso muito nesta canção. Gosto dela porque tem sentimento. Tem uma mensagem. Ela nos transporta aos bons dias que morreram e ficaram para trás para sempre. Foi escrita por Johnny Golle, com música do eminente compositor luso-americano, Cruz Creed. E, como disse o senhor Shanker, estou acompanhado pelos Bogalusa Babies de Sammy Cafunga, cortesia do Café Artilharia, de Chicago, Illinois. Vamos lá, Sammy, manda ver!"

Em dois segundos o estrondo da orquestra de jazz estapeou os ouvidos do público que não se podia ver, com a estranha mistura e choque de sons que passou a ser considerada como música desde os dias da exposição Panamá-Pacífico. Então, o som abrandou até virar um sussurro e a voz lamurienta do principal trovador americano do *black-face* começou:

Mammy sumida, Mammy, Mammy, minha Ma-mmy,
Foi para longe, tão longe daqui...
Foi embora, doce Mammy! Mammy, calçou as tamancas
Só posso achar, Mammy, que você foi ficar branca.
É claro, não posso culpá-la, Mammy! Mammy, querida.
Porque eu sei que para você era dura a vida.
Mas a velha casa agora está diferente.
Desde que você ficou ausente.
Então eu fico esperando no vão da porta
Mesmo sabendo que você não volta.
Mammy sumida! Mammy! Mammy!
Mesmo sabendo que você não volta.

"Agora, caros ouvintes, aqui é o senhor Mortimer Shanker mais uma vez ao microfone. Sei que todos amaram a emotiva interpretação que o senhor Albert vez de 'Mammy sumida'. Vamos tentar que ele volte no futuro próximo."

"Agora tenho o grande prazer de apresentar um homem que dispensa qualquer apresentação. Um homem reconhecido em todo o mundo civilizado. Um homem de grandes estudos, habilidades executivas e um gênio da administração. Um homem que, praticamente sem auxílio de outros, reuniu cinco milhões de americanos sob a bandeira de uma das maiores associações deste país. Tenho o imenso prazer, senhoras e senhores ouvintes, em apresentar o Reverendo Henry Givens, Grão Mago Imperial dos Cavaleiros de Nórdica, que vai falar aos senhores sobre o tema da ' Ameaça do sangue negro."

O Reverendo Givens, tonificado por uma talagada de uísque de milho, avançou nervosamente para o microfone, passando o dedo pelo discurso que fora preparado.

Limpou a garganta e falou por quase uma hora e durante esse tempo conseguiu evitar com sucesso dizer qualquer coisa que fosse verdade, e o resultado foram milhares de telegramas e telefonemas de longa distância congratulando-o no estúdio. Em seu longo pronunciamento, discutiu a fundação da República, antropologia, psicologia, miscigenação, cooperação com Cristo, seguir o que Deus manda, impedir o avanço do bolchevismo, a proibição dos contraceptivos, a ameaça dos modernistas, a ciência *versus* a religião, e muitos outros assuntos nos quais era totalmente ignorante. A maior parte de seu tempo foi gasta denunciando a Black-No-More SA e demandando à administração republicana do Presidente Harold Goosie que deportasse os depravados negros que a dirigiam, ou que fossem trancafiados na penitenciária federal. Quando concluiu, "em nome de nosso Salvador e Redentor, Jesus Cristo, amém", se escafedeu apressado para o banheiro onde terminou seu copinho de uísque.

O locutor assumiu o lugar do reverendo Givens ao microfone.

"Amigos, este que vos fala é Mortimer K. Shanker de volta, anunciando da Estação Q.U.E. de Atlanta, Georgia, em cadeia nacional com a Companhia Bestônica de Comunicação. Acabam de ouvir a erudita e inspiradora mensagem do Reverendo Henry Givens, Grão Mago Imperial dos Cavaleiros de Nórdica sobre 'A ameaça do sangue negro'. O Reverendo Givens fará um outro pronunciamento nesta estação, daqui a uma semana... Agora, para concluir nossa programação de hoje, caros amigos, vamos ter a canção popular das bem conhecidas Irmãs Beócias, intitulada 'O que é que deu no velho saleiro'...

A agitação dos Cavaleiros de Nórdica logo chamou a atenção da presidência em Washington. Cerca de dez dias mais tarde, após o reverendo Givens concluir sua fala no rádio, o presidente Harold Goosie anunciou para a imprensa em coletiva que estava trabalhando bastante sobre a questão levantada pelo Grão Mago Imperial no que dizia respeito à Black-No-More SA; que caminhões de cartas condenando a organização foram recebidas pela Casa Branca e agora estavam sendo respondidas por uma delegação especial de secretários; que muitos senadores tinham conversado sobre o assunto com ele, e que a nação poderia esperar que alguma ação seria tomada dentro de quinze dias.

Ao fim dos quinze dias, o presidente anunciou que havia decidido constituir uma comissão de cidadãos de destaque para estudar a questão e propor recomendações. Pediu ao congresso a liberação de cem mil dólares para cobrir as despesas da comissão.

A Câmara dos Deputados aprovou uma resolução nesse sentido, uma semana mais tarde. O Senado, que estava então engajado em um debate acalorado no Tribunal Penal Internacional e na Liga das Nações, adiou as deliberações sobre a resolução para três semanas mais tarde. Quando enfim foi apresentada à votação naquela augusta assembleia, passou, após longas deliberações, com emendas, e retornou para a Câmara.

Seis semanas após o presidente Goosie ter feito sua requisição ao congresso, a resolução foi promulgada em seu formato final. Ele então anunciou que dentro de uma semana iria nomear os membros da comissão.

O presidente manteve sua promessa. Nomeou a comissão, consistindo de sete membros: cinco republicanos e dois democratas. Eram em sua maioria políticos temporariamente desempregados.

Em um vagão particular, a comissão fez um *tour* por todo o país, visitando todos os sanitários Black-No-More, os hospitais maternidades Crookman e as antigas áreas negras. Tomaram centenas de depoimentos, examinaram centenas de testemunhas e beberam prodigiosas quantidades de álcool.

Duas semanas mais tarde, divulgaram um relatório preliminar no qual indicavam que os sanitários da Black-No-More e os hospitais maternidades operavam dentro do limite das leis; que ainda restavam um milhão de negros no país; que era ilegal na maioria dos estados para brancos puros se casarem com alguém de ascendência negra mas que era difícil detetar a fraude por conta do conluio. Como solução paliativa, a organização recomendava uma observação mais estrita da lei, alterações menores na lei do casamento, a organização de tribunais especiais matrimoniais com especialistas em genealogia, juízes mais bem equipados, promotores distritais mais competentes, o fortalecimento da Lei Mann,[22] a abolição das tavernas na estrada, a supervisão atenta das boates, uma censura mais estrita dos livros e dos filmes e o controle governamental dos cabarés. A comissão prometeu publicar o relatório completo em cerca de seis semanas.

Dois meses mais tarde, quando praticamente todo mundo tinha esquecido que houvera tal investigação, o relatório completo da comissão, composto de 1.789 páginas em corpo 9, saiu das prensas. Os exemplares foram distribuídos para cidadãos e organizações proeminentes. Exatamente nove pessoas em todos os Estados Unidos a leram: o diretor de uma prisão municipal, o revisor do

Escritório de Imprensa do Governo, o zelador da prefeitura municipal de Ashtabula, Ohio, o editor do *Bugle*, de Helena, Arkansas, um estenógrafo no departamento de saúde de Spokane, Washington, um lavador de pratos de um boteco do Bowery, em Nova York, um estagiário no escritório do diretor de pesquisas na Black-No-More SA, um condenado à prisão perpétua na prisão Clinton em Dannemora, Nova York, e um redator de piadas de um semanário de Chicago.

Matthew recebeu calorosos elogios dos membros da sua organização e dos maiorais dos democratas no Sul. Ele havia, segundo eles, forçado o governo a tomar uma atitude, e começaram a falar nele para concorrer a algum cargo.

O Grande e Exaltado Giral estava exultante. Tudo, contou a Bunny, tinha ido conforme planejara. E agora estava pronto para a última cartada.

"E qual é?", perguntou o assistente, erguendo os olhos da página de quadrinhos do jornal.

"Já ouviu falar da Associação Anglo-Saxônica da América?", inquiriu Matthew.

"Não, qual é a jogada deles?"

"Não é uma jogada, seu pilantra. A Associação Anglo-Saxônica da América é uma organização sediada na Virginia. O quartel general fica em Richmond. É um bando de ricos esnobes que conseguem traçar sua ascendência até duzentos anos atrás. Veja, eles acreditam em supremacia branca, do mesmo jeito que nossa organização, mas eles declaram que os anglo-saxões são o *crême-de-la-crême* da raça branca e deveriam manter a liderança na vida social, econômica e política."

"Você fala como um professor de faculdade", zombou Bunny.

"Não me insulte com essas bobagens. Escuta só: esse povo se acha bom demais para vir se meter com os Cavaleiros de Nórdica. Dizem que somos todos uns imbecis."

"Então é unânime", comentou Bunny, mordendo a ponta de um charuto.

"Bem, o que estou tentando fazer agora é juntar essas duas organizações. Temos os números, mas não o dinheiro suficiente para ganhar uma eleição. Eles têm a grana. Se eu conseguir que eles vejam a luz, a próxima eleição presidencial estará no papo."

"E o que eu vou ser? Secretário do Tesouro?", riu Bunny.

"Só por cima do meu cadáver!", respondeu Matthew, pegando da garrafa. "Mas falando sério, meu velho. Se conseguir fazer o acordo vamos ter a Casa Branca no saco. Sem onda."

"E quando vamos começar os trabalhos?"

"Na semana que vem, quando essa associação Anglo-Saxônica terá uma reunião anual em Richmond. Você e eu vamos lá soltar a lábia. Talvez tenhamos que levar Givens conosco, para dar peso."

"Você quer dizer peso intelectual?"

"Você não consegue falar sério, não é?"

O senhor Arthur Snobbcraft, presidente da Associação Anglo-Saxônica, F.F.V,[23] e um homem suspeitosamente moreno e peludo demais para ser Anglo-Saxão, havia devotado sua vida para duas coisas: integridade racial branca e supremacia Anglo-Saxônica. Tinha sido na maior parte uma luta inglória. Quanto mais se afastava de seus objetivos, mais desesperado ficava. Fora ele o gênio que havia proposto as tantas leis de integridade racial adotadas na Virgínia e em muitos outros estados do Sul. Era veemente na defesa da esterilização dos incapacitados, que, para ele, eram os negros, estrangeiros, judeus e outras gentalhas, e ele tinha um firme ódio à democracia.

A menina dos olhos de Snobbcraft agora era seu plano de promulgar uma lei genealógica revogando a cidadania de todas as pessoas de ascendência negra ou desconhecida. Argumentava que os cidadãos de bem não poderiam ser feitos de material tão vil. Sua organização tinha dinheiro, mas faltava-lhes a popularidade: números.

Sua alegria não teve fim quando recebeu a comunicação de Matthew. Ainda que não tivesse amor algum pelos Cavaleiros de Nórdica, que, segundo ele, continham exatamente o tipo de gente que ele queria, por meios legislativos, tornar estéreis, nas esferas social, econômica e física, ele acreditava que poderia usá-los para alcançar essa meta. Mandou imediatamente um telegrama para Matthew, dizendo que a Associação teria muito gosto em que ele lá se apresentasse, junto com o Grão Mago Imperial.

O Grande e Exaltado Giral já sabia há muito tempo da obsessão de Snobbcraft: a lei genealógica. Também sabia que não havia hipótese alguma dessa lei passar, mas para pelo menos ter a possibilidade de tentar passar a lei, seria primeiro necessário ganhar o país inteiro em uma eleição nacional. Juntos, sua organização e a de Snobbcraft poderiam conseguir; não conseguiriam se fosse cada uma por si.

Em uma velha mansão pré-Guerra Civil em um amplo e arborizado bulevar, os diretores da Associação Anglo-Saxônica se agruparam em sua reunião anual. Primeiro ouviram o Reverendo Givens e, em seguida, Matthew. A questão foi encaminhada a um comitê que, cerca de duas horas depois, voltou com um relatório favorável. A maioria daqueles homens havia sonhado desde jovens em ocupar uma alta posição política na capital do país, assim como tinham ocupado eminentes cidadãos da Virgínia, mas nenhum deles era republicado, é claro, e os democratas nunca ganhavam nada em âmbito nacional. Ao engolir seu orgulho, pelo menos durante a temporada, e se juntarem à gentalha dos Cavaleiros de Nórdica, vislumbraram a oportunidade, pela primeira vez em anos, de assumir o poder, e a agarraram. Entrariam com o dinheiro se o outro lado entrasse com os números.

Givens e Matthew voltaram para Atlanta muito animados.

"Vou te dizer uma coisa, irmão Fisher", coaxou Givens, "nossa Estrela está em ascensão. Não consigo ver como isso poderia dar errado. Com a ajuda de Deus, vamos derrotar nosso inimigo, com certeza. A vitória está no ar.

"É o que está parecendo", respondeu o Grande Giral. "Com o dinheiro deles e o nosso, com certeza teremos um fundo de campanha maior que o dos republicanos."

De volta a Richmond, o senhor Snobbcraft e seus amigos estavam em conferência com o estatístico de uma grande empresa novaiorquina de seguros. Este homem, doutor Samuel Buggerie, era muito respeitado em seu meio e bem conhecido pelo público leitor. Era autor de vários livros e escrevia frequentemente para periódicos relevantes. Sua bem conhecida obra, *A flutuação do tamanho do pé esquerdo entre os assírios durante o nono século antes de Cristo* tinha sido favoravelmente criticada por vários resenhadores, um dos quais a tinha até mesmo lido. Um trabalho seu ainda mais erudito tinha por título *Colocando a energia desperdiçada para trabalhar,* na qual ele chamava a atenção, com gráficos e tabelas elaboradas, para a possibilidade de colher energia da força gerada entre as folhas que se roçavam entre si em dias de vento. Em uma série de brilhantes monografias, ele havia provado que os ricos têm famílias menores que os pobres; que as prisões não impedem o crime; que os trabalhadores geralmente migram na véspera de altos salários. Seu mais recente artigo, em uma revista altamente intelectual, lida principalmente por aqueles que se ocupavam com o ócio, provava estatisticamente que o desemprego e a pobreza eram principalmente um estado da alma. Essa contribuição foi entusiasticamente saudada pelos estudiosos e especialmente pelos empresários como uma notável contribuição para o pensamento contemporâneo.

Doutor Buggerie era um espécime pesado, nervoso e completamente calvo da humanidade, com mãos grossas e úmidas, um duplo queixo e olhos muito proeminentes que estavam em constante movimento e criavam uma expressão de aparente deslumbramento perpétuo por trás de seus grandes óculos de aro de tartaruga. Parecia que estava prestes a estourar por dentro de suas roupas e seus bolsos estavam sempre abarrotados de papéis e anotações.

Doutor Buggerie, assim como o senhor Snobbcraft, era um anglo-saxão profissional, bem como um descendente de uma das primeiras famílias da Virgínia. Ele sustentava que a única maneira de distinguir os brancos puros dos brancos de imitação era estudar suas árvores genealógicas. Afirmava que uma investigação de escopo nacional poderia revelar as várias cepas não-Nórdicas na população. As leis, dizia ele, deveriam ser criadas para proibir que essas cepas se misturassem ou casassem com os de pura cepa que haviam produzido espécimes tão perfeitos da humanidade, como o senhor Snobbcraft e ele mesmo.

Em uma voz aguda de *falsetto* ele animadamente relatou aos diretores da Associação Anglo-Saxônica os resultados de seus estudos preliminares. Eles indicavam, afirmou, que havia até vinte milhões de pessoas nos Estados Unidos que possuíam alguma ascendência não-Nórdica e que seriam assim inaptos tanto à cidadania quanto à procriação. Se os organizadores pudessem dispor do dinheiro para a pesquisa em escala nacional, declarou que poderia produzir estatísticas antes da eleição que seriam tão chocantes que os republicanos iriam perder a eleição no país a não ser que adotassem a plataforma democrata sobre exames genealógicos. Após uma longa e eloquente fala do senhor Snobbcraft em apoio à proposta do doutor Buggerie, os diretores votaram por apropriar a verba, com a condição de que o trabalho deveria ser mantido no máximo sigilo possível. O estatístico concordou, embora lhe doesse na alma ter que abrir mão da publicidade. Na manhã seguinte já começou a reunir sua equipe.

Capítulo 10

Hank Johnson, Chuck Foster, doutor Crookman e Gorman Gay, este presidente do comitê republicano nacional, estavam na suíte de hotel do médico, conversando a voz baixa.

"Estamos enfrentando muitas dificuldades na preparação da campanha de outono", disse Gay. "Infelizmente nossos amigos não estão contribuindo com a largueza habitual."

"De nós você não pode reclamar, não é?", perguntou Foster.

"Não, não", negou o político rapidamente. "Vocês têm sido muito generosos nos últimos dois anos, mas também fizemos muitos favores para vocês."

"Falou e disse, Gay", comentou Hank. "Os malditos branquelos já teriam tirado a gente da parada se não fosse pelo apoio da sua presidência."

"Tenho certeza que somos bastante gratos pelos muitos favores que recebemos da atual presidência", acrescentou o doutor Crookman.

"Mas não vamos precisar mais por muito tempo", disse Chuck Foster.

"Como assim?", perguntou Gay, abrindo seus olhos semicerrados.

"Bem, já fizemos tudo o que tinha para fazer neste país. Praticamente todos os negros viraram brancos, com exceção de uns dois mil teimosos e aqueles que estão presos", Chuck o informou.

"Pode crer", disse Hank. "Esse país ficou tão solitário. Faz tanto tempo que eu não vejo uma mulher preta que quando vir, nem sei o que fazer."

"Isso mesmo, Gay", acrescentou o doutor Crookman. "Nós limpamos o problema negro nesse país. Na próxima semana, vamos fechar todos os sanatórios, com exceção de cinco unidades."

"Bem, e os hospitais-maternidades?", perguntou Gay.

"É claro que esses vão ter que continuar operando", respondeu Crookman. "As mulheres estariam em uma enrascada se não houver mais."

"Olhem aqui", propôs Gay, aproximando-se e baixando a voz. "A próxima eleição vai ser uma das mais duras da história deste país. Receio que vai haver quebra-quebras, tiroteios e matanças. Esses hospitais não podem ser fechados sem um tremendo sofrimento mental das mulheres desta nação. Queremos evitar isso e vocês também querem. Porém esses hospitais vão estar em grande perigo. É melhor vocês garantirem que estejam protegidos por forças do governo."

"Mas vocês já fariam isso mesmo, não é, Gay?", perguntou Crookman.

"Bem, vai nos custar milhões de votos para fazer isso, e os membros do Comitê Executivo Nacional estão com a impressão que vocês terão de fazer uma doação bem generosa para os fundos de campanha para compensar pelos votos que vamos perder."

"O que você chamaria de uma 'contribuição generosa'?", perguntou Crookman.

"Não dá para ter uma campanha de sucesso esse ano", respondeu Gay, "por menos de vinte milhões".

"Porra", gritou Hank. "Está falando de *dólares*?"

"Isso mesmo, Hank", respondeu o presidente nacional. "Vai custar isso e talvez mais."

"E de onde é que acham que vão conseguir esse dinheiro?", inquiriu Foster.

"É isso que está nos preocupando", responde Gay, "e é por isso que estou aqui. Vocês estão nadando no dinheiro e precisamos da sua ajuda. Nos últimos dois anos vocês recolheram dezenove milhões de dólares do público negro. Não vão sentir falta de cinco milhões, e para vocês deve valer derrotar os democratas."

"Cinco milhões! Ferrou!", explodiu Hank. "Irmão, tu perdeu o juízo?"

"De jeito nenhum", negou Gay. "Se pensar que se não conseguirmos a contribuição vocês arriscam perder a eleição... Vamos lá, rapazes. Não sejam tão pão-duros. É claro, vocês estão montados na grana e só vão ter que mudar sua residência para a Europa ou algum outro lugar se as coisas aqui forem mal, mas pensem nas pobres mulheres com seus bebês negros. O que elas farão se vocês se mandaram do país ou, com a vitória dos democratas, vocês tiverem que fechar todos os seus estabelecimentos."

"É verdade, chefe", observou Foster. "Não dá para deixar essas mulheres na mão."

"É...", disse Johnson. "Dá a grana para eles."

"Bem, suponha que a gente dê", concluiu Crookman, sorrindo.

O presidente nacional estava radiante. "Quando podemos receber?", perguntou. "E como?"

"Amanhã, se quiserem mesmo", observou Johnson.

"Mas lembrem-se", alertou Gay. "Não podemos deixar que ninguém saiba que recebemos uma bolada dessas de uma única pessoa ou corporação."

"Isso é com vocês", disse o médico, indiferente. "Sabe que não vamos dizer nada."

O senhor Gay logo partiu para levar a boa notícia para o Comitê Executivo Nacional, que estava em sessão lá mesmo em Nova York.

Os republicanos certamente precisavam de muito dinheiro para reeleger o presidente Goosie. As frequentes falas do reverendo Givens no rádio, o número crescente de membros dos Cavaleiros de Nórdica, a inexplicável fartura de recursos dos democratas e os artigos cáusticos n'*O Alerta*, tinham angariado a popularidade para os democratas. As pessoas não eram exatamente favoráveis aos democratas, mas se opunham aos republicanos. Já no começo de maio parecia que os republicanos não conseguiriam levar nenhum dos estados do Sul, e muitos dos seus bastiões no Norte pareciam capitular. Os democratas pareciam que estavam com tudo a favor. De fato, estavam tão confiantes no sucesso que já estavam dividindo o espólio.

Quando ocorreu a convenção para escolha do candidato democrata em Jackson, Mississipi, no dia primeiro de julho de 1936, os sabichões da política afirmaram que, pela primeira vez na história, todo o programa tinha sido cortado e enxuto, e que a aclamação do candidato viria de forma ágil e tranquila. Mas não foi isso que aconteceu. O sol excepcionalmente forte, acoplado a enormes quantidades de álcool, ao lado dos tantos conflitos de interesse, logo trouxe a discórdia.

Logo após o discurso principal ter sido pronunciado pelo senador Kretin, a turba anglo-saxônica fez saber que eles exigiam algum distinto sulista, como o Arthur Snobbcraft, como candidato à presidência. Os Cavaleiros de Nórdica tinham a intenção de nomear seu Grão Mago Imperial Givens. A facção do Norte, agora reduzida a uma pequena maioria nos concelhos partidários, defendia o ex-governador Grogan, de Massachusetts, que, como chefe da Liga dos Eleitores Católicos, tinha muitos seguidores.

Depois de vinte votações em seguida, o escrutínio continuava travado. Nenhum dos lados abria mão. Os líderes viram que seria necessário um acordo. Retiraram-se para uma suíte no andar mais alto do hotel Juiz Lynch.[24] Lá, em mangas de camisa, com os colarinhos abertos, copos de bourbon com gelo e hortelã sobre a mesa e um ventilador elétrico varrendo o ar quente, sentaram-se para trabalhar. Doze horas depois, ainda estavam lá.

Matthew, murcho, esgotado, mas ainda determinado, lutou por seu chefe. Simeon Dump, da Associação Anglo-Saxônica, jurou que não retiraria o nome de Arthur Snobbcraft. O reverendo John Whiffle, manda-chuva do partido, entornava um copo atrás do outro, mantinha um lenço empapado na superfície brilhante de seu crânio e batia o pé no Bispo Belch. Moses Lejewski de Nova York discutia obstinadamente em favor da nomeação do governador Grogan.

Enquanto isso, os delegados, tendo abandonado o forno do salão de convenções, se deitavam ofegantes, ou bebiam, em seus quartos de hotéis, ou ficavam no saguão discutindo o impasse, ou zanzavam pelas ruas de automóvel, procurando confiantes aquelas tais fossas de depravação que, lhes contaram, estariam dispostos a atraí-los para o pecado.

Quando o relógio marcou as três horas, Matthew ergueu-se e sugeriu que, uma vez que os Cavaleiros de Nórdica e a Associação Anglo-Saxônica eram as duas mais poderosas organizações no partido, Givens deveria ser o indicado à presidência, Snobbcraft seria o vice, e os outros teriam asseguradas altas posições no gabinete. Essa proposta não empolgou ninguém, a não ser o próprio Matthew.

"Vocês parecem que esqueceram", disse Simeon Dump, "que a Associação Anglo-Saxônica entrou com metade da verba para financiar esta campanha."

"E vocês esquecem", declarou Moses Lejewski, "que estamos apoiando essa sua jogada maluca de tirar os poderes de qualquer um que tiver ascendência negra, quando assumirmos a presidência. Isso vai nos custar milhões de votos no Norte. Vocês não podem querer tudo para vocês."

"Por que não?", desafiou Dunlop. "E como é que vocês vão vencer sem dinheiro?"

"E como", acrescentou Matthew, "vão chegar a algum lugar sem os Cavaleiros de Nórdica por trás?"

"E como", se intrometeu o reverendo Whiffle, "vão chegar a algum lugar sem os fundamentalistas e os abstêmios?"

Às quatro horas estavam no mesmo ponto que estavam às três. Tentaram escolher alguém que não tinha sido ainda mencionado e passaram todos os nomes da lista de candidatos. Nenhum deles satisfazia a todos. Um era muito radical, o outro era muito conservador, um terceiro era ateu, um quarto uma vez tinha tungado as finanças de uma cidade, o quinto era imigrante, um sexto havia se casado com uma judia, um sétimo era um intelectual, um oitavo tinha passado tempo demais em Hot Springs tentando curar a sífilis, um nono (diziam) era meio mexicano e um décimo tinha, em algum momento de sua juventude, sido um socialista.

Às cinco horas estavam desesperados, bêbados e nauseados. O quarto abafado era uma lixeira de colarinhos descartados, pontas de cigarros e charutos, cinzeiros amontoados e garrafas vazias. Matthew bebia pouco e ficava insistindo que o escolhido fosse o reverendo Givens. Para os homens encharcados, que faziam 'sim' com a cabeça, ele pintava cenários maravilhosos de espólios da atual presidência e da excelente chance que ele tinha de chegar lá, e de repente declarou que os Cavaleiros de Nórdica iriam se retirar se não fosse Givens o indicado. A ameaça os agitou. Começaram a xingar e dizer que aquilo era uma cilada, mas Matthew ficou impávido. Como último golpe, ele se ergueu e fingiu estar pronto para abandonar a convenção. Eles protestaram mas, enfim, cederam.

As ordens foram enviadas aos delegados. Eles se reuniram no salão de convenções. Os pastores dos rebanhos de vários estados estalaram o chicote e os delegados votaram conforme foi mandado. Mais tarde, foi dada a notícia ao ansioso mundo de que os democratas haviam nomeado Henry Givens para presidente e Arthur Snobbcraft para vice-presidente. O senhor Snobbcraft não gostou nada daquilo, mas era melhor que nada.

Alguns dias mais tarde começou a convenção presidencial dos republicanos, em Chicago. Mais disciplinada que a dos democratas, como de hábito, ela transcorreu de forma precisa e mecânica. O presidente Goosie foi indicado para a reeleição já na primeira votação e o vice-presidente Gump foi do mesmo modo escolhido para completar a chapa.

Uma plataforma foi adotada, e sua principal característica foi a de ser genérico. Como era de se esperar, enfatizava o histórico do partido na presidência, excetuando os aspectos criminais; denunciava o fanatismo sem ser específico, e exaltava os direitos dos indivíduos e dos grandes grupos econômicos no mesmo parágrafo. Uma vez que o slogan dos democratas era "Supremacia Branca" e sua plataforma estava calcada na necessidade de investigação genealógica, os republicanos adotaram o slogan: "Liberdade pessoal e inviolabilidade ancestral".

O doutor Crookman e seus sócios, escutando no rádio de sua suíte no Hotel Robin Hood em Nova York, riu suavemente ao ouvirem o presidente apresentar seu discurso de aceitação, que concluía da seguinte forma original:

"E, por fim, caros amigos, só posso dizer que temos que perseverar no caminho do individualismo robusto, livre da influência de interesses sinistros, sustentando os melhores ideais de honestidade, independência e integridade, para que, citando Abraham Lincoln, 'esta nação do povo, para o povo e pelo povo não pereça da Terra'."

"Isso aí", disse Foster, quando o presidente acabou de ladrar, "soa quase igual ao discurso de aceitação do irmão Givens que ouvimos no outro dia".

Doutor Crookman sorriu e bateu as cinzas de seu charuto. "Talvez sejam o mesmo discurso", sugeriu.

A campanha seguiu seu caminho pelos dias quentes de julho e agosto. Fotografias sem fim nos jornais mostraram os candidatos rivais por entre a gente simples de alguma cidadezinha, ajudando os jovens a colherem cerejas, auxiliando uma senhora a subir as escadas, tomando banho na piscina ou lago da localidade, comendo churrasco e posando na plataforma traseira de vagões adaptados.

Longos artigos apareceram nos jornais de domingo exaltando as simples virtudes dos dois grandes homens. Ambos, ao que parece, tinham vindo de famílias pobres porém dignas; ambos eram celebrados (ou contestados) como verdadeiros amigos do povo humilde; ambos declararam estar prontos para darem sua força e sua mente para os Estados Unidos pelos próximos quatro anos. Um jornalista sugeriu que Givens lembrava Lincoln, enquanto que outro equivalia o caráter de Goosie ao de Roosevelt, achando que lhe fazia um elogio.

O reverendo Givens declarou aos repórteres "é minha intenção, se eleito, manter a política tradicional de tarifas do partido democrata" (nem ele nem os repórteres sabiam do que se tratava).

O presidente Goosie asseverou, repetidas vezes, "pretendo fazer um mandato tão honesto e eficiente quanto o primeiro". Ainda que fosse uma ameaça medonha, esta declaração foi dita como se fosse uma linda promessa.

Enquanto isso, o doutor Samuel Buggerie e seus agentes avançavam na pesquisa das certidões de nascimento e casamento por todos os Estados Unidos. Por volta de setembro, o Comitê de Diretores organizou uma conferência na qual o erudito apresentou um relatório parcial.

"Estou pronto a comprovar", gabou-se o obeso estatístico, "que um quarto das pessoas de um condado da Virgínia possuiu ancestralidade não-branca, seja indígena ou negra; e podemos provar que todos os indígenas da costa Atlântica são negros em parte. Em muitos condados em partes distantes entre si no país verificamos que a ascendência de uma porcentagem considerável das pessoas era duvidosa. Temos muitas razões para acreditar que há inúmeras pessoas que não devem ser classificadas como brancos, e não devem se misturar com os anglo-saxões."

Foi decidido que o estatístico deveria apresentar seus dados em uma forma simples que todos pudessem ler e entender, e preparar para que fosse publicada alguns dias antes das eleições. Quando as pessoas vissem como era grande o perigo do sangue negro, calculavam eles, elas iriam debandar para o padrão democrata e seria tarde demais para os republicanos conterem o estouro da boiada.

Nenhuma campanha eleitoral na história do país foi tão aguerrida quanto aquela. De um lado estavam aqueles fanáticos certos de sua pura ascendência caucasiana; do outro lado, estavam aqueles que se sabiam brancos "impuros" ou que tinham alguma razão para suspeitar disso. Os primeiros eram majoritariamente democratas, os segundos, republicanos. Também havia um grupo que se alinhava com os republicanos porque sentia que uma vitória dos democratas poderia causar outra guerra civil. A campanha suscitou amargas disputas mesmo entre os membros das famílias. Muitas vezes, por trás dessas brigas familiares espreitava o conhecimento ou suspeita de um passado escuro .

Na medida em que a campanha ficava mais feroz, as denúncias contra o doutor Crookman e suas atividades ficavam cada vez mais violentas. Formou-se um movimento para fechar todos os seus hospitais-maternidades. Alguns queriam que fossem derrubados de vez, outros sugeriam que ficassem fechados durante a campanha. A maioria das pessoas pensantes (que não eram tantas assim), faziam veemente objeção à proposta.

"Não há vantagem nenhuma em fechar tais hospitais--maternidades", declarou o *Globo Matutino* de Nova York. "Muito pelo contrário: tal coisa traria resultados trágicos. Os negros desapareceriam se fundindo à massa de nossos cidadãos. Um grande número deles se intercasou com brancos e os filhotes de tais uniões estão aparecendo em números cada vez maiores. Sem esses hospitais-maternidades, pensem em quantos casais vão se separar; quantos lares serão destruídos! Em vez de tomar decisões precipitadas, temos que ser pacientes e agir lentamente."

Outro jornal do Norte tinha uma posição ainda mais simpática à Black-No-More, mas a imprensa geralmente seguia a multidão, ou a conduzia, e, em linguagem levemente cifrada, instigava os oponentes da Black-No-More a fazerem a lei com as próprias mãos.

Por fim, empoderada e inflamada por editoriais coléricos, discursos radiofônicos, panfletos e pôsteres, uma multidão enfurecida em defesa da feminilidade branca atacou um dos hospitais-maternidades de Crookman, arrastou várias mulheres para a rua e ateou fogo no prédio. Uma dúzia de bebês morreram queimados e outros, retirados às pressas pelas mães, foram reconhecidos como mulatos. Os jornais publicaram nomes e endereços. Muitas das mulheres eram socialmente proeminentes, por mérito próprio ou de seus maridos.

A nação ficou chocada como nunca. O sentimento a favor dos republicanos começou a minguar. O Comitê Executivo Republicano reuniu-se e discutiu modos e maneiras de combater a tendência. Gorman Gay estava quase ficando louco. Nada, ele pensou, poderia salvá-los, a não ser um milagre.

Dois andares abaixo, em um amplo escritório, estavam dois promotores da campanha republicana, Walter Williams e Joseph Bonds, muito ocupados em demonstrar aos outros trabalhadores (que eram espertos demais para isso) que mereciam os dez dólares ao dia que estavam recebendo. O primeiro havia se passado por negro, durante anos, por conta de um avô meio-negro e depois tinha voltado à raça branca quando a Liga da Igualdade Social fora forçada a suspender as operações por insistência tanto do xerife quanto do proprietário do imóvel. Joseph Bonds, antigo chefe da Liga Estatística Negra, que era negro, mas que, graças ao doutor Crookman, era agora um orgulhoso caucasiano, havia recentemente voltado a Nova York, vindo de Atlanta, acompanhado de Santop Licorice. Nem o senhor Williams, nem o senhor Bond conseguiram digerir a turba democrática e assim haviam se juntado aos republicanos, que eram tão diferentes deles quanto uma bola de sinuca é diferente da outra. Os dois cavaleiros estavam discutindo em voz baixa o dilema dos republicanos, enquanto remexiam os papéis para fingir que estavam trabalhando.

"Joe, se a gente descobrisse alguma coisa para virar o jogo dos democratas, não teria mais de trabalhar na vida", observou Williams, soprando uma nuvem de fumaça de cigarro do canto da boca.

"Verdade, Walt, mas é sem chance. O velho Gay está quase louco, você sabe. Chega aqui batendo as portas e berrando como todo mundo, como foi hoje de manhã", comentou Bonds.

Williams se aproximou, abaixou a cabeça de cabelos cor de fogo e, depois de olhar para os lados, sussurrou: "escute, sabe onde está o Beard?"

"Não sei", respondeu Bonds, atento e olhando em torno para checar que ninguém os escutava. "Onde?"

"Bem, recebi uma carta dele outro dia. Está no Sul, em Richmond, fazendo trabalho de pesquisa para a Associação Anglo-Saxônica sob ordens do doutor Buggerie."

"Mas eles sabem quem ele é?"

"É claro que não. Já faz um tempo que ele embranqueceu, você sabe, e, é claro que eles nunca o conectariam com o doutor Shakespeare A. Beard, que costumava ser um dos maiores inimigos declarados deles."

"Que coisa!", persistiu Bonds, animado. "Acha que ele pode saber alguma coisa contra os democratas que possa nos ajudar?"

"Pode ser. A gente bem que poderia tentar. Se ele souber de alguma coisa, vai nos contar, porque odeia aquela gente."

"E como é que a gente vai entrar em contato com eles? Escrevendo uma carta?"

"Claro que não", grunhiu Williams. "Vou conseguir a verba de viagem com o Gay. Ele está tão desesperado que arrisca qualquer coisa."

Levantou-se e dirigiu-se ao elevador. Cinco minutos mais tarde, estava diante de seu chefe, o Presidente Nacional, um angustiado homenzinho cinzento com uma pança de vereador e a boca de um presidiário.

"O que é, Williams?", atacou o Presidente.

"Gostaria de verba para ir a Richmond", disse Williams. "Tenho um amigo lá no escritório de Snobbcraft, e ele pode ter alguma coisa para usarmos contra eles."

"Escândalo?", perguntou Gay, animado.

"Bem, não sei ainda, é claro, mas esse sujeito é muito sagaz e observador e, nesses seis meses, certamente conseguiu alguma coisa que vai nos ajudar nesse impasse."

"É republicano ou democrata?"

"Nem um, nem outro. É um estudioso social muito treinado e competente. Você não esperaria que ele fosse de um dos partidos", observou Williams. "Mas por acaso sei que ele está sem recursos, por assim dizer, e então, por alguma soma tenho certeza de que ele vai soltar tudo o que sabe, pelo menos."

"Bem, está me parecendo uma aposta", disse Gay, duvidoso. "Mas em uma tempestade, qualquer porto é bom."

Williams partiu de Washington imediatamente em direção a Richmond. Naquela noite já estava no quartinho acanhado do antigo Defensor das Raças Escuras.

"Mas o que está fazendo aqui, Beard?", perguntou Williams, referindo-se ao quartel-general da Associação Anglo-Saxônica.

"Ah, estou preparando os dados do Buggerie, dando o formato."

"Que dados? Você me disse que estava fazendo pesquisa. Agora está entabulando dados. Já terminaram de coletar?"

"Sim, terminamos essa fase há algum tempo. Estamos agora pondo o material no formato para fácil digestão."

"O que quer dizer com 'fácil digestão'"?, inquiriu Williams. "O que vocês estão querendo descobrir e por que é preciso formatar para fácil digestão? Geralmente vocês gostam de manter tudo ininteligível para as massas."

"Agora é diferente", disse Beard, baixando a voz até quase sussurrar. "Estamos sob um pacto de sigilo. Vimos investigando as árvores genealógicas da nação e até agora, acredite, certamente descobrimos fatos aterradores. Quando eu for finalmente dispensado, o que deve ser depois das eleições, vou tentar vender uma parte das informações. Snobbcraft, e mesmo Buggerie, não têm noção do caráter inflamável dos fatos que compilamos" e estreitou os olhinhos volpinos, ganancioso.

"Eles estão planejando soltar alguns desses dados e por isso estão passando para um formato digerível, é isso?", insistiu Williams.

"Exatamente.", declarou Beard, coifando seu rosto agora imberbe. Ouvi Buggerie e Snobbcraft cacarejando sobre isso há um dia ou dois."

"Bem, deve ter um montão de dados", insinuou Williams, "se eles botaram vocês para trabalhar nesses seis meses. Onde foi que trabalharam?"

"Ah, cobrimos tudo, Norte e Sul. Temos um cofre no porão lotado de cartões indexados.

"Imagino que estejam mantendo sob estreita vigilância, não estão?", perguntou Williams.

"Claro. Seria preciso um exército para entrar nesse cofre."

"Bem, acho que não queremos que nada aconteça com isso antes que eles divulguem", observou o homem do quartel-general republicano.

Depois de deixar o doutor Beard, Williams deu uma volta em torno do quartel-general da Associação Anglo-Saxônica, observou a meia dúzia de guardas e depois pegou o último trem para a capital. No dia seguinte teve uma longa conversa com Gorman Gay.

"Está tudo certo, Joe", sussurrou para Bonds, mais tarde, ao passar pela escrivaninha dele.

Capítulo 11

"Qual é o problema contigo, Matt?", perguntou Bunny uma manhã faltando cerca de um mês para a eleição. "Não está tudo indo bem? Você está com cara de que perdeu as eleições e não conseguiu eleger aquele brilhante intelectual, Henry Givens, Presidente dos Estados Unidos."

"Bem, pode bem ser que a gente perca, até onde sei", disse Matthew, "se eu não encontrar uma saída para essa sinuca em que nos metemos."

"Que sinuca?"

"Bem, Helen ficou grávida de novo no último inverno. Eu a mandei para Palm Beach e para outros *resorts*, achando que a viagem e o exercício poderiam causar outro aborto."

"E causaram?"

"Nada! E, para piorar, ela fez as contas errado. Achou que seria internada em dezembro, mas agora me diz que só faltam três semanas para o parto."

"Não diga!"

"Estou rezando."

"Bem, cala-te boca! E o que vai fazer? Não dá para mandar para um desses hospitais-maternidades do Crookman, seria perigoso demais nesse momento."

"Essa é que é a parada. Achei que ela estivesse pronta lá para um mês depois das eleições, quando tudo já tivesse acalmado, e eu poderia mandá-la para lá."

"E ela iria?"

"Não tinha como não ir, com o pai dela sendo presidente dos Estados Unidos."

"Bem, o que vai fazer, garotão? Pense rápido! Pense rápido! Três semanas é muito pouco tempo."

"E eu não sei?"

"E que tal um aborto?", sugeriu Bunny, esperançoso.

"Não tem como. Primeiro, que ela está frágil demais. Segundo, que ela tem uma ideia idiota de que isso é pecado."

"Só resta uma coisa a fazer, então", disse Bunny. "É se preparar para picar a mula quando esse bebê nascer."

"Oh, Bunny. Eu odiaria ter de deixar Helen. Ela é mesmo a única mulher que eu amei, você sabe. É claro que ela tem seus preconceitos e ideias idiotas, como todo mundo tem, mas é mesmo uma rainha. Também é uma inspiração para mim, Bunny. Sempre que eu falo sobre me mandar dessa jogada toda, quando as coisas não vão bem, ela me faz persistir. Acho que eu já teria me mandado depois do primeiro milhão, se não fosse por ela."

"Teria sido melhor ter ido embora", comentou Bunny.

"Não sei, não. Ela está doida que eu vire Secretário de Estado ou Embaixador na Inglaterra ou alguma coisa assim. E pelo visto, está parecendo que eu serei. Quer dizer, se eu conseguir consertar essa jogada."

"Se conseguir, Matt, eu tiro meu chapéu para você. E acho que sei como se sente sobre picar a mula e abandoná-la. Eu tinha essa garota no Harlem. Foi por conta dela que consegui o emprego no banco. Era louca por mim, rapaz, até que me pegou costurando pra fora. Então tentou atirar em mim."

"As *squaws* são engraçadas", continuou Bunny, filosoficamente. "Desde que virei branco descobri que todas são iguais, brancas ou pretas. Kipling estava certo. Elas brigam por você, brigam para continuar contigo e brigam contigo quando te flagram pulando o muro. Mas a mulher que não briga por seu homem é mulher que não vale a pena ter."[25]

"Então acha que eu devo me mandar, é, Bunny?", perguntou o angustiado Matthew, voltando ao assunto.

"Bem, eis a minha sugestão", aconselhou seu rechonchudo amigo, "quando Helen for internada, junte quanto dinheiro puder e deixe o avião preparado. Então, quando o bebê tiver nascido, conte tudo a ela e proponha fugir, levando ela contigo. Se ela não aceitar, você se manda; se aceitar, então estará tudo beleza." Bunny estendeu as mãos rosadas, expressivamente.

"Bem, isso parece bom, Bunny."

"É sua melhor alternativa, garotão", disse seu amigo e secretário.

A dois dias das eleições, a situação era a mesma. O campo democrático estava jubilante; o dos republicanos, soturno. Pela primeira vez na história dos Estados Unidos parecia que não seria o dinheiro que decidiria uma eleição. Os propagandistas e promotores dos democratas haviam manipulado tão bem os medos e preconceitos do público que até os judeus e católicos estavam se entregando e muitos estavam agora apoiando um candidato que há menos de dois meses os condenava. Nisso estavam mantendo certa coerência, uma vez que costumavam estar do lado da supremacia branca nos velhos tempos quando havia uma população negra observável. Os republicanos tentaram escancarar alguns escândalos contra Givens e Snobbcraft, mas foram dissuadidos pelo Comitê Estratégico, que temia abrir um precedente: do lado deles havia também políticos envolvidos com adultérios, bebedeira e desvio de verbas.

Os republicanos, Goosie e Gump, e os democratas, Givens e Snobbcraft, já tinham terminado suas voltas pelo país e estavam recuperando as forças. Havia passeatas e desfiles em todas as cidades, grandes e pequenas. Oradores castigavam o público, do Atlântico ao Pacífico, exaltando as virtudes dos candidatos do partido que os havia contratado. O doutor Crookman foi queimado várias vezes em efígie. Vários hospitais-maternidades foram depredados. Duzentos cidadãos que nada sabiam sobre qualquer um dos candidatos foram presos por brigarem defendendo um deles.

O ar estava elétrico com expectativa. As pessoas se juntavam em grupos. Meninos enfiavam panfletos em dez milhões de portas. A polícia estava alerta para suprimir a desordem, exceto quando criada por eles mesmos.

Arthur Snobbcraft, jovial e confiante de que logo assumiria uma posição condizente a um membro de uma das primeiras famílias da Virgínia, dava uma brilhante festa de pré-eleição em seu palacete. Zanzando por entre os convidados, o anfitrião aceitava os parabéns prematuros com bom humor. Era bom ouvi-los tratando já por "senhor Vice-Presidente".

O empertigado mordomo inglês apressadamente venceu a multidão em torno do Presidente da Associação Anglo-Saxônica e sussurrou "o doutor Buggerie está na biblioteca, no andar de cima. Disse que precisa falar com o senhor, imediatamente. E que é assunto de extrema importância."

Intrigado, Snobbcraft subiu para descobrir o que diabos poderia estar errado. Ao entrar, o corpulento estatístico estava andando para frente e para trás, secando a testa com o lenço, seus olhos quase saindo das órbitas, um maço de folhas datilografadas tremendo em suas mãos.

"O que está errado, Buggerie?", perguntou Snobbcraft, perturbado.

"Tudo! Tudo!", estrilou o estatístico.

"Seja mais específico."

"Bem", sacudindo o maço de folhas no rosto de Snobbcraft, "não podemos divulgar nada disso! É muito deletério! É muito inclusivo! Temos que cancelar, Snobbcraft, está me entendendo? Não podemos deixar ninguém ficar sabendo disso." A mandíbula frouxa do homenzarrão agitava-se.

"Do que está falando?", rosnou o F.F.V. "Quer me dizer que todo aquele dinheiro, todo aquele trabalho, foi jogado fora?"

"É exatamente isso o que estou dizendo", guinchou Buggerie. "Publicar isso seria suicídio."

"E por quê? Explica isso direito, homem, peloamordedeus. Está me irritando."

"Olhe aqui, Snobbcraft", respondeu o estatístico, soturno, tombando em uma poltrona. "Sente-se e escute. Comecei essa investigação na hipótese de que os dados recolhidos iriam provar que cerca de vinte milhões de pessoas, a maior parte das classes inferiores, eram de ascendência negra, recente ou remota, enquanto que metade desse número seria de ascendência incerta ou desconhecida."

"Bem, e não foi isso que verificou?", insistiu Snobbcraft, impaciente.

"Verifiquei", continuou Buggerie, "que mais da metade da população não tem registro de sua ancestralidade além de cinco gerações."

"Tudo bem!", riu-se Snobbcraft. "Sempre disse que só há poucas pessoas de sangue bom nesse país".

"Mas esses dados incluem todas as classes", protestou o gordo. "A sua classe, tal qual as classes inferiores."

"Não me insulte, Buggerie!", gritou o presidente da Associação Anglo-Saxônica, se erguendo do canapé.

"Calma, calma!", gritou Buggerie, excitado. "Ainda não contei nada."

"E o que mais, em nome de Deus, poderia ser uma difamação mais grave à aristocracia deste estado?", Snobbcraft enxugou sua testa arrogante e morena.

"Bem, as estatísticas que recolhemos provam que a maioria de nossos líderes sociais, especialmente da linhagem Anglo-Saxônica, são descendentes de colonos de baixa extração que chegaram aqui em condição de servidão. Eles se associaram aos escravizados, em muitos casos trabalhavam e dormiam com eles. Eles se misturavam com os negros e as mulheres eram sexualmente exploradas pelos senhores de escravos. Naquela época, ainda mais que hoje, a taxa de nascimentos ilegítimos era muito alta."

O rosto de Snobbcraft não revelava sua ira reprimida. Começou a se levantar, mas voltou atrás. "Continue", comandou.

"Havia tanta dessa mistura entre brancos e negros, em todas as classes, que logo cedo as colônias tomaram providências para dar um fim a isso. Conseguiram impedir o casamento entre as raças, mas não conseguiram parar a mistura. Você sabe, os velhos registros não mentem. Estão a disposição para qualquer um ver..."

"Uma certa porcentagem desses negros", continuou Buggerie, mais confortável agora e parecendo desfrutar da palestra, "com o tempo clareou o suficiente para poder se passar por brancos. Então se misturaram à multidão geral. Se assumirmos que havia mil casos como esse quinze gerações atrás — e temos provas de que foram muito mais — seus descendentes hoje em dia seriam em número de umas cinquenta milhões de almas. Então eu insisto que não podemos arriscar a publicar essa informação. Muitas das nossas primeiras famílias estão maculadas, bem aqui em Richmond!"

"Buggerie!", sobressaltou-se o F.F.V. "Perdeu o juízo?"

"Estou perfeitamente são, senhor", guinchou o volumoso homem, um tanto orgulhoso. "E sei do que estou falando". Piscou um olho marejado.

"Bem, prossiga. Tem mais?"

"Muito mais", prossegui o estatístico, cordialmente. "Vamos tratar da sua família, por exemplo. (Calma, não se irrite, Snobbcraft.) A sua própria família. É verdade que vocês são descendentes do Rei Alfred, mas ele tem uma multidão, talvez centenas de milhares, de descendentes. Alguns são, é claro, cidadãos honestos e respeitados, aristocratas esclarecidos que são um benefício a este país; mas a maior parte deles, meu caríssimo Snobbcraft, estão no que você chama das 'castas baixas': isto é, gente trabalhadora, presidiários, prostitutas e por aí vai. Um de seus antepassados maternos em fins do século dezessete foi a filha de uma criada inglesa e de um escravizado negro. Essa mulher, por sua vez, teve uma filha com o dono da plantação. Essa filha casou-se com um ex-escravizado sob contrato. Seus filhos foram todos brancos, e você é um de seus descendentes!", sorriu Buggerie.

"Pare!", berrou Snobbcraft, as veias latejando em sua testa estreita e sua voz falhando com raiva. "Você não pode vir aqui e insultar minha família!"

"Bem, esse seu rompante só prova o que falei anteriormente", o grande homem continuou, maliciosamente. "Se você ficou tão alterado ao saber a verdade, qual acha que será a reação dos outros? Não adianta ficar com raiva de mim. Não sou responsável por sua ancestralidade! Nem você é responsável, por sinal. Você não é pior do que eu, Snobbcraft. Meu tetravô teve suas orelhas cortadas por não pagar as dívidas e foi mais tarde preso por furto. Sua filha ilegítima casou-se com um negro alforriado que lutava na Guerra de Independência." Buggerie sacudia a cabeça, quase que com prazer.

"E como pode admitir isso?", perguntou o escandalizado Snobbcraft.

"E porque não?", desafiou Buggerie. "Temos muitas companhias. Veja o Givens, que é um fanático sobre isso de raça e supremacia branca e que está somente a quatro gerações de um ancestral mulato."

"O Givens também?"

"Sim, e também o orgulhoso do senador Kretin. Ele se gaba, você sabe, de ser descendente de Pocahontas e do Capitão Smith, mas milhares de negros também o são. Por acaso, não há um indígena que não tenha sangue misturado com negros nas planícies do Atlântico há mais de cento e cinquenta anos."

"E quanto a Matthew Fisher?"

"Não conseguimos achar nenhum registro de Fisher, mas o mesmo pode ser dito sobre mais de vinte milhões de outros." Baixou a voz, dramaticamente. "Tenho razão para suspeitar que ele é um desses negros que embranqueceu."

"E pensar que eu o recebi aqui em casa!", Snobbcraft murmurou para si mesmo. E, depois, em voz alta: "Bem, e o que vamos fazer a respeito?"

"Temos que destruir todas as evidências", o grandalhão anunciou o mais enfático que pôde com sua vozinha de soprano, "e é melhor fazer já. Quanto mais cedo nos livrarmos disso melhor."

"Mas não posso abandonar meus convidados", protestou Snobbcraft. Então voltou-se com raiva para seu amigo, rugindo. "E porque diabos não descobriram isso tudo antes?"

"Bem", disse Buggerie, assustado. "Descobri assim que pude. Mas tivemos que arranjar e entabular os dados, você sabe."

"E como é que imagina que vamos nos livrar daquela montanha de papéis, a esta hora?", perguntou Snobbcraft, quando desciam as escadas.

"Vamos pedir ajuda aos guardas", disse Buggerie, esperançoso. "E vamos queimar os cartões na fornalha."

"Tudo bem", estrilou o F.F.V. "Vamos logo com isso."

Em cinco minutos, estavam acelerando pela ampla avenida até o quartel-general da Associação Americana Anglo-Saxônica. Estacionaram diante do portão e andaram pelo caminho pavimentado até a porta da frente. Fazia uma noite agradável de luar, quase tão clara quanto o dia. Olharam em volta mas não viram ninguém.

"Não estou vendo os guardas", observou Snobbcraft, esticando o pescoço. "Onde será que estão?"

"Estão dentro, provavelmente", sugeriu Buggerie, "se bem que eu me lembro de ter-lhes mandado patrulhar o exterior."

"Bem, vamos entrar", comentou Snobbcraft. "Talvez estejam no andar de baixo."

Destrancou a porta e adentrou. O salão estava em total escuridão. Ambos os homens tatearam a parede em busca do interruptor de luz. De repente houve um baque e Snobbcraft soltou um palavrão.

"O que foi?", gemeu o assustado Buggerie, procurando freneticamente uma caixa de fósforos.

"Acenda logo essa maldita luz!" rugiu Snobbcraft. "Acabei de tropeçar em um homem... Vamos logo!"

Doutor Buggerie finalmente encontrou um fósforo, o acendeu, e localizou o interruptor. O salão foi inundado de luz. Lá, arranjados em fila no chão e cuidadosamente amarrados e amordaçados estavam os seis guardas especiais.

"O que diabos significa isso?", berrou Snobbcraft, diante dos homens mudos. Buggerie rapidamente removeu as mordaças.

Tinham sido atacados, o chefe da segurança relatou, há cerca de uma hora, logo depois do doutor Buggerie partir, por um grupo de pistoleiros que os nocauteara e os carregara para fora do prédio. O vigia exibiu o galo em sua testa como prova e parecia muito indignado. Nenhum deles conseguia se lembrar de nada do que havia transcorrido depois que lhes fizeram perder a consciência.

"O cofre!", estrilou Buggerie.

Desceram correndo as escadas, com o ofegante Buggerie à frente, Snobbcraft em seguida e os seis desgrenhados guardas na retaguarda. As luzes no porão ainda estavam acesas. As portas do cofre estavam abertas, balançando em suas dobradiças. Havia uma pilha de lixo diante do cofre. Todos se comprimiram na porta para ver o que haveria lá dentro. O cofre estava completamente vazio.

"Meu deus!", exclamou Snobbcraft e Buggerie em uníssono, perdendo a cor do rosto.

Por um segundo, apenas encararam boquiabertos um ao outro. Então de repente Buggerie sorriu.

"Isso não vai ser de utilidade nenhuma para eles", comentou, triunfante.

"E porque não?", exigiu Snobbcraft, com um tom onde se misturavam disposição, esperança e dúvida.

"Bem, eles vão levar pelo menos o mesmo tempo que nós levamos para extrair informação dessa massa de cartões, e quando chegarem lá você e Givens já estarão eleitos e ninguém terá a ousadia de publicar nada disso", explicou o estatístico. "Tenho comigo a única síntese existente: os papéis que mostrei a você na sua casa. Enquanto eu tiver esse documento, e eles não, estaremos bem", riu com júbilo obeso.

"Que bom...", suspirou Snobbcraft, satisfeito. "Por sinal, onde está essa tal síntese?"

Buggerie deu um salto como se tivesse sentado em um alfinete e procurou primeiro em suas mãos vazias, depois nos bolsos de seu casaco e finalmente nos bolsos da calça. Correu para o carro, seguido pelo apreensivo Snobbcraft e pelos seis vigias uniformizados com seus cabelos despenteados e os galos na cabeça. Procuraram no carro em vão, enquanto Snobbcraft maldizia Buggerie e sua estupidez.

"Eu... eu acho que deixei em sua biblioteca", choramingou Buggerie, esperançoso. "Sim, acho que me lembro de ter deixado sobre a mesa."

"O furioso Snobbcraft mandou que ele entrasse no carro e eles dirigiram o mais rápido que puderam deixando para trás os seis guardas amarrotados, o luar refletindo em seus cabelos bagunçados.

Os dois saltaram assim que o carro parou e zuniram pela entrada, passando pelos convidados pasmos, subindo a escadaria colonial, pelos corredores, até a biblioteca.

Buggerie acendeu as luzes e procurou em volta. Em simultâneo, os homens se atiraram para um maço de folhas brancas sobre o sofá. O estatístico as agarrou e olhou para elas, ávido e grato. Então seus olhos pareceram saltar das órbitas e suas mãos tremeram.

"Olhe!", guinchou desolado, jogando o maço de folhas em direção aos olhos de Snobbcraft.

Todas as folhas estavam em branco, exceto por uma no topo. Nela estava escrito:

Obrigado por deixar o relatório onde eu o pudesse pegar. Estou deixando esses papéis para que tenham onde escrever outra análise.
Tenha bons sonhos, pequenino
           Partido Republicano

"Deus do céu!", arfou Snobbcraft, se afundando na poltrona.

Capítulo 12

Na véspera das eleições, Matthew e Bunny passaram a tarde na suíte de hotel bebericando coquetéis, fumando e aguardando o inevitável. Estavam esperando desde o dia anterior. Matthew, alto e tenso; Bunny, atarracado e apreensivo, tentando, vez por outra, melhorar o humor de seu chefe com piadas mal ajambradas. A cada vez que ouviam a campainha, ambos saltavam para o telefone, pensando que talvez fosse o anúncio de Helen tendo a seu lado um herdeiro, escurinho, que teria nascido. Quando já não podiam se aguentar no escritório, se retiraram para o hotel. Em poucos minutos já estavam planejando voltar ao escritório.

A dura campanha e a preocupação quanto ao resultado da internação de Helen tinham deixado marcas no rosto de Matthew. As linhas satânicas estavam acentuadas, seus olhos pareciam mais profundamente incrustados em seu crânio, suas mãos bem manicuradas tremiam quando ele pegava seu copo, tantas e tantas vezes.

Ficava se perguntando o que aconteceria em seguida. Detestava a ideia de ir embora. Tinha se divertido tanto enquanto esteve branco! Muito dinheiro, poder quase ilimitado, uma linda esposa, boas bebidas e uma seleção de donzelas a seu dispor. Teria mesmo que deixar tudo isso para trás? Teria de largar tudo e se mandar bem quando estava para marcar sua maior vitória? Pense nisso: de vendedor de seguros mal pago a milionário comandando milhões de pessoas... para depois desaparecer. Sentiu um leve arrepio e esticou de novo a mão em direção ao copo.

"Deixei tudo pronto", comentou Bunny, se remexendo em sua poltrona acolchoada. "O avião está pronto com o tanque cheio, e Ruggles está esperando no hangar. O dinheiro está naquela caixinha de aço, tudo em cédulas de mil dólares."

"E você vai comigo, Bunny?", perguntou Matthew em tom quase suplicante.

"Aqui é que não fico!", respondeu seu secretário.

"Puxa, Bunny, você é dos bons!", disse Matthew, aproximando-se e pousando a mão no joelho rechonchudo de seu amigo. "É mesmo um grande parceiro."

"Ah, para de comédia", exclamou Bunny, enrubescendo e desviando o rosto.

De repente o telefone tocou, alto, claro, em *staccato*. Ambos saltaram para atender, com olhos arregalados, apreensivos.

"Alô!", gritou. "O quê? Sim, vou agora mesmo."

"Bem, aconteceu", anunciou, resignadamente, batendo o fone no gancho. E então, se animando um pouco, celebrou, "é um menino!"

Em meio à dor, Helen estava jubilante. Que presente tinha ela para dar a Matthew nas vésperas de seu maior triunfo! Que bom Deus fora para ela, para abençoá-la assim, em dobro. A enfermeira enxugou as lágrimas de alegria dos olhos da mãe.

"A senhora precisa descansar, madame", alertou.

Do lado de fora, contorcendo-se na cadeira junto à janela, estava Matthew, os punhos cerrados, os dentes mordendo o lábio inferior. Junto à outra janela estava Bunny, olhando a esmo para a rua, sentindo-se inútil e deslocado naquela situação, mas ainda convencido de que era seu dever ficar ali com seu melhor amigo durante tamanha crise.

Matthew sentia-se como um jovem soldado a ponto de deixar sua trincheira e encarar o batismo de uma metralhadora, ou um jogador arriscando seu último dólar em um lance de dados. Sentia que ficaria louco se algo não acontecesse logo. Levantou-se e ficou andando de um lado para o outro no salão, com as mãos nos bolsos, sua sombra esguia o acompanhando na parede oposta. Porque é que o doutor não saía e lhe dizia alguma coisa? Qual seria a causa do atraso? O que Helen diria? Como seria a aparência do bebê? Talvez tivesse, por algum milagre, a pele clara! Coisas mais estranhas já haviam ocorrido no mundo. Mas não, nada disso poderia ocorrer. Bem, ele teve sorte por muito tempo, agora acabaram as férias.

Uma enfermeira, em uniforme branco imaculado, saiu do quarto de Helen, passou por eles, apressada, sorrindo, e entrou no banheiro. Voltou com uma bacia de água quente nas mãos, sorriu mais uma vez passando confiança, e reentrou o leito de parto. Bunny e Matthew, em uníssono, deram um profundo suspiro.

"Rapaz!", exclamou Bunny, enxugando o suor da testa. "Se não acontecer alguma coisa logo, vou saltar por essa janela."

"Eu também", disse Matthew. "Nunca pensei que esses médicos levassem tanto tempo para resolver."

As portas do quarto de Helen se abriram e o médico saiu, com um ar solene e preocupado. Matthew caiu em cima dele. O homem pôs o dedo sobre os lábios e acenou para irem ao quarto do lado.

"Bem", disse Matthew, sentindo-se culpado, "e aí?"

"Sinto muito informá-lo, senhor Fisher, que uma coisa terrível aconteceu. Seu filho... é escuro, muito escuro. O senhor ou a senhora Fisher devem possuir algum sangue negro. Pode ser o que se chama de 'reversão de tipo', se é que tal coisa pode ser provada. Agora, preciso que me diga o que quer que eu faça. Se me disser, posso me livrar dessa criança, e isso irá poupar a todos os envolvidos muito dissabor e desgraça. Ninguém, exceto a enfermeira, sabe disso e ela vai manter a boca fechada, mediante uma gratificação. Por mim, é só mais um dia de trabalho. Já tive muitos casos desses em Atlanta, mesmo antes do desaparecimento dos negros. Bem, o que devemos fazer?", pranteou.

"Sim", pensou Matthew para si mesmo, "o que devemos fazer?". O doutor havia sugerido uma excelente saída para o dilema. Poderiam dizer que a criança havia morrido. Mas, e quanto ao futuro? Teria de ser sempre assim? Helen era jovem e fértil. Obviamente não se poderia ir matando crianças, especialmente uma criança esperada e amada. Não seria melhor resolver a questão de uma vez por todas? Um anjo de franqueza o sinalizou para dar um fim a uma vida de fingimento; para pegar sua esposa e seu filho e se distanciar de tudo e de todos, porém o diabo da ambição sussurrava sedutor a respeito de riqueza, poder e prestígio.

Em quase três segundos, o desfile dos últimos três anos passou na tela de sua memória atormentada: o Réveillon no Clube Honky Tonk, a primeira visão da linda Helen, o processo para ficar branco, os primeiros e doces dias de liberdade dos insultos mesquinhos e a discriminação barata a que ele, como homem negro, sempre fora sujeitado, então a busca por Helen em Atlanta, a organização dos Cavaleiros de Nórdica, a torrente de sucessos, a chegada de Bunny, a campanha planejada e executada por ele, e agora, o fim. Mas teria mesmo de ser o fim?

"Bem...?", veio a voz insistente do médico.

Matthew abriu a boca para responder, quando o mordomo entrou sala adentro, apressado, brandindo um jornal.

"Perdoe-me, senhor", disparou, animado, "mas o senhor Brown disse-me para trazer isso imediatamente ao senhor."

A manchete em letras garrafais parecia saltar do papel e atingir Matthew bem entre os olhos:

> OS LÍDERES DEMOCRATAS TÊM SUA
> ASCENDÊNCIA NEGRA COMPROVADA
> *Givens, Snobbcraft, Buggerie, Kretin e outros*
> *têm antepassados negros, de acordo com velhos*
> *registros recuperados por eles mesmos.*

Matthew e o médico, lado a lado, leram o comprido relato em silêncio pasmo. Bunny entrou na sala.

"Posso falar um minuto contigo, Matt?", perguntou, displicente. Quase que relutando em se mover, Matthew o seguiu para o saguão.

"Segura a onda, garotão", Bunny aconselhou, quase jovialmente. "Eles não têm nada contra você. Isso de mudar de nome os despistou. Você não é sequer mencionado."

Matthew se segurou, jogou os ombros para trás e exalou profunda e longamente. Parecia que uma montanha tinha sido retirada de suas costas. Chegou mesmo a sorrir quando sua confiança retornou. Segurou a mão de Bunny e a apertou, em silêncio jubiloso.

"Bem, doutor", disse Matthew, arqueando sua sobrancelha esquerda de seu jeito habitual, mefistofélico, "está me parecendo que essa história de 'reversão de tipo' é verdade mesmo. Eu sempre achei que era cascata, mas, como dizem, nunca se sabe..."

"Sim, parece-me que este é um desses casos, autêntico", concordou o médico, esquadrinhando com os olhos o semblante suave e louro de Matthew. "Bem, e agora?"

"Tenho que ver Givens", disse Matthew quando deixavam o quarto.

"E lá vem ele ali", Bunny anunciou.

E com certeza lá vinha o velho cinzento e careca, saltando os degraus como um cabrito, seu rosto desvairado, seus olhos saltando com o misto de raiva e terror, sua gravata enviesada. Estava brandindo um jornal na mão e abriu a boca sem nada falar, enquanto disparava entre eles e direto para o quarto de Helen. O velho sujeito estava evidentemente fora de si.

Eles o seguiram até o quarto a tempo de vê-lo com o rosto afundado na colcha da cama de Helen e ela, horrorizada, olhando para a manchete em letras gigantescas. Matthew correu para seu lado enquanto ela tombava no travesseiro, em um desmaio. O médico e a enfermeira se apressaram em reavivá-la. O velho, de joelhos, soluçava roucamente. A senhora Givens, parecendo quinze anos mais velha, apareceu na porta. Bunny fez um sinal com os olhos para Matthew, que baixou sua pálpebra esquerda e com dificuldades suprimiu um sorriso.

"Temos que nos mandar daqui!", gritou o Grão Mago Imperial. "Temos que nos mandar daqui... Oh, que horror... Nunca soube disso, nunca... Oh, Matthew, nos livre disso, estou dizendo. Eles quase me lincharam no escritório... Saí pelos fundos e corri para cá... Uns dez mil deles, quase... Não podemos perder um minuto. Rápido, estou dizendo! Vão nos matar a todos."

"Vou cuidar de tudo", Matthew o acalmou, condescendente. "Conta comigo." Então, voltando-se para seu parceiro, comandou: "Bunny, mande vir dois carros, agora mesmo. Vamos correr para o aeroporto... Doutor Brocker, poderia vir conosco para cuidar de Helen e do bebê? Temos que tirá-la daqui agora mesmo. Pago o que for preciso."

"Certamente, senhor Fisher", disse o médico. "Não posso deixar a senhora Fisher nesse momento."

A enfermeira havia conseguido trazer Helen à consciência. Chorava amargamente, amaldiçoando o destino e seu pai. Com aquela lógica que muitas vezes faz as pessoas aceitarem como verdadeiras as provas circunstanciais que não são necessariamente conclusivas, ela assumia que a cor marrom suspeita de seu bebê recém-nascido era por alguma gota de sangue negro em suas veias. Olhou para seu marido, suplicante.

"Oh, Matthew, querido", chorou, com seus longos cabelos louro-avermelhados enquadrando o rosto. "Sinto muitíssimo por tudo isso. Se eu soubesse, jamais teria te envolvido nisso. Eu o teria poupado dessa desgraça e humilhação. Oh, Matthew, por favor me perdoa. Eu te amo, meu marido. Por favor não me abandone, não me abandone!" Agarrou a ponta do casaco dele como se estivesse para partir a cada minuto.

"Calma, calma, minha menina", disse Matthew a tranquilizando, emocionado com as palavras dela. "Você não me desgraçou. Você me honrou com um lindo filho."

E olhou, como se venerasse, a bolinha rechonchuda e marrom nos braços da enfermeira.

"Não precisa se preocupar comigo, Helen. Vou ficar ao seu lado enquanto você me quiser. Minha vida não valeria nada sem você. Você não é responsável pela cor do menino, querida. Eu sou."

O doutor Brocker sorriu, ciente de tudo. Givens ergueu-se indignado, Bunny abriu a boca em surpresa, a senhora Givens dobrou os braços e sua boca tornou-se um talho no rosto e a enfermeira disse 'oh!'".

"Você?", gritou Helen, atônica.

"Sim, eu", Matthew repetiu, um grande fardo deixando sua alma. Então, pelos próximos minutos, jorrou seus segredos diante da pequena e atônita plateia.

Helen sentiu uma onda de alívio a lavar. Não havia sentimento de repulsa ao pensar que seu marido era um negro. Poderia ter havido, mas isso foi ao que pareciam séculos atrás, quando ela não tinha consciência de sua remota ascendência negra. Sentiu-se orgulhosa de seu Matthew. Amava-o mais que nunca. Tinham dinheiro e um lindo e bebê marrom. Do que mais precisariam? Que se dane o mundo, que se dane a sociedade! Comparado ao que ela possuía, pensou Helen, esse papo de raça e cor era uma maldita estupidez. Ela provavelmente se surpreenderia se descobrisse que havia incontáveis norte-americanos naquele exato momento pensando a mesma coisa.

"Bem", disse Bunny sorrindo "é muito bom voltar a poder admitir que se é crioulo."

"Sim, Bunny", disse o velho Givens. "Acho que agora somos todos *niggers*."

"*Negros*, senhor Givens, *Negros*.", corrigiu o doutor Brocker, entrando na sala. "Estou no mesmo barco que vocês, só que meus antepassados negros não são tão remotos. Espero que os republicanos vençam."

"Não se preocupe, doutor", disse Bunny. "Vão vencer, sim. E como! Puxa, e eu aposto que nem Sherlock ou Nick Carter nem ninguém da agência de detetives Pinkerton vai conseguir encontrar o senador Kretin ou Arthur Snobbcraft agora."

"Vamos", gritou o apreensivo Givens. "Vamos logo, antes que a multidão chegue."

"Que multidão, paizinho?", perguntou a senhora Givens.

"Você vai descobrir por conta própria se não se apressar", respondeu o marido.

Cortando a noite outonal com a velocidade do vento, o grande avião trimotor de Fisher seguiu em direção sudoeste para a segurança do México. Reclinado na ampla e confortável poltrona do *deck* estava Helen Fisher, calma e em paz com o mundo. Em uma rede perto dela estava seu filhinho marrom, Matthew Junior. A seu lado, segurando sua mão, estava Matthew. Na parte dianteira, junto ao piloto, Bunny e Givens estavam jogando mexe-mexe. Atrás deles estavam a enfermeira e o doutor Brocker, admirando em silêncio as luzes piscantes da costa do Golfo. A velha senhora Givens roncava na traseira.

"Maldição", murmurou Givens, quando Bunny baixou sua última trinca e ganhou a terceira partida consecutiva. "Queria ter agarrado algum dinheiro antes da gente se arrancar de Atlanta. Só tenho cinco dólares e cinquenta e três centavos comigo."

"Não se preocupe com isso, meu velho", Bunny gargalhou. "Acho que não sobrou nem mil pratas na conta. Está vendo aquela caixa de metal ali? Bem, está cheia até a borda de notinhas. E nenhuma é menor do que mil dólares."

"Que danado", estourou o Grão Mago Imperial. "Esse rapaz pensa em tudo."

Mas Givens estava bem abalado, muito mais do que os outros. Tinha acreditado em tudo aquilo que ele pregava, sobre supremacia branca, pureza da raça e a ameaça dos estrangeiros, dos católicos, dos modernistas e dos judeus. Sempre foi sincero a respeito de seus preconceitos.

Quando aterrissaram no campo de Valbuena, nos arredores da cidade do México, um mensageiro trouxe um telegrama para Bunny.

"Agradeça aos céus por não estar lá, Matt", sorriu, passando o telegrama para Matt. "Vê só o que minha garota está dizendo."

Matthew olhou a mensagem e passou a Givens, sem comentários:

ESPERO QUE TENHAM CHEGADO A SALVO VG SENADOR KRETIN LINCHADO NA UNION STATION PT SNOBBCRAFT E BUGGERIE FORAGIDOS PT GOOSIE E GUMP QUASE UNANIMEMENTE REELEITOS PT GOVERNO IMPETROU LEI MARCIAL ATÉ QUEBRA-QUEBRAS CESSAREM PT QUANDO POSSO IR ENCONTRÁ-LO PT MADELINE SCRANTON

"Quem é essa garota Scranton?", perguntou Matthew sussurrando, olhando com cautela para sua esposa.

"Uma marrom bombom da Georgia", exclamou Bunny, entusiasmado.

"Não!", soltou Matthew, incrédulo.

"Caucasiana ela não é!", respondeu Bunny.

"Deve ser a última garota marrom do país", comentou Matthew, olhando com inveja para o amigo. "Como foi que ela não virou branca como todo mundo?"

"Bem", respondeu Bunny. "Ela é uma patriota da raça. É o jeito dela."

"Macacos me mordam", exclamou Matthew, coçando a cabeça e sorrindo de um jeito perplexo. "Que tipo de rainha de Sabá ela é?"

O velho Givens aproximou-se deles, com o telegrama nas mãos e com uma expressão de serenidade no rosto.

"Rapazes", anunciou, "parece que é mais saudável a gente ficar por aqui agora do que lá, na Georgia"

"*Parece* mais saudável?", zombou Bunny. "Meu irmão, pode ter certeza que é mais saudável!".

Capítulo treze

Por volta das onze da noite, na véspera das eleições, um comprido conversível esportivo estacionou na porta de uma imponente casa de campo próximo a Richmond, Virginia. Os faróis apagaram e dois homens, um alto e angular; outro imenso e encorpado, se catapultaram para fora. Sem nada dizer, correram por volta da casa e seguiram por uma trilha que levava a um galpão cheio de mato, em uma campina a cerca de 250 metros dos fundos da casa. Sem fôlego, pararam diante da porta e bateram na porta, ansiosamente.

"Abra logo, Frazier!", ordenou Snobbcraft, pois era ele. "Abra essa porta." Não houve resposta, além do chirriar dos grilos e o farfalhar dos ramos ao vento.

"Não deve estar aqui", disse o doutor Buggerie, olhando temeroso por trás dos ombros e secando a testa suada com um lenço empapado.

"Era para o maldito safado estar aqui", trovejou o candidato democrata à Vice-Presidência, voltando a esmurrar a porta. "Falei com ele pelo telefone há duas horas para me preparar."

Assim que falou, alguém destrancou a porta e a arrastou para o lado alguns centímetros.

"É você, Snobbcraft?", perguntou uma voz sonolenta vinda da escuridão.

"Abra essa maldita porta, seu idiota", ladrou Snobbcraft. "Não te mandei preparar o avião para quando a gente chegasse? Porque não fez o que mandei?" Ele e o doutor Buggerie ajudaram a arrastar para o lado o grande portão. O tal Frazier acendeu as luzes, revelando um grande avião trimotor com um carro aninhado em cada uma de suas asas.

"Eu... meio que caí no sono enquanto esperava, senhor Snobbcraft", desculpou-se Frazier, "mas está tudo pronto".

"Está certo, homem", berrou o presidente da Associação Americana Anglo-Saxônica, "vamos nos mandar, então. É questão de vida ou morte. Era para você ter tirado o avião para fora e deixar o motor rodando."

"Sim, senhor", o homem resmungou baixinho, se apressando.

"Esses malditos desses estúpidos lixo branco!", grunhiu Snobbcraft, olhando com raiva o aviador que se afastava.

"Não... não o antagonize", sussurrou Buggerie. "Ele é nossa única chance de fuga."

"Cala a boca, idiota! Se não fosse por você e por sua estúpida estatística não estaríamos nessa enrascada."

"Foi você que quis, não foi?", choramingou o estatístico, em sua defesa.

"Bem, não mandei você deixar aquela maldita análise onde qualquer um pudesse ver", replicou Snobbcraft, o repreendendo. "Foi a coisa mais estúpida que já vi".

Buggerie abriu a boca para responder, mas nada disse. Apenas ficou encarando Snobbcraft, que o encarou de volta. Os dois homens tinham uma aparência desgrenhada. O candidato à vice-presidência estava abatido, sem chapéu, sem colarinho e ainda vestia seu *smoking*. O eminente estatístico e autor de *A incidência de psitacose entre os índios Hiphopa do Vale do Amazonas e sua relação com as taxas de seguro de vida nos Estados Unidos* tinha uma aparência nada digna, sem gravata, em cuecas samba-canção, sem meias e vestindo um casaco de caça que ele conseguira arrancar de um armário enquanto corria para fora da casa. Havia esquecido seus óculos grossos e seus olhos protuberantes estavam rubros e úmidos. Ficaram andando de um lado para outro, impacientes, olhando ora para o atribulado Frazier, ora para a longa estrada que levava à cidade luminosa.

Dez minutos tiveram que esperar enquanto Frazier ia até o avião para ver se estava tudo certo. Então ajudaram a empurrar o imenso pássaro de metal para fora do hangar e para a pista. Com gratidão, subiram para a cabine e caíram exaustos nos assentos acolchoados.

"Bem, isso é um alívio", soltou o adiposo Buggerie, enxugando a fronte.

"Espere para quando estivermos no ar", grunhiu Snobbcraft. "Tudo pode acontecer depois daquela turba enfurecida. Nunca fui tão humilhado na vida. Só em pensar naquele bando de pobres lixo branco diante da minha porta e gritando '*nigger!*'. Que desgraça."

"Sim, foi horrível", concordou Buggerie. "Que bom que não foram para os fundos da casa onde estava seu carro. Caso contrário, não conseguiríamos escapar."

"Imaginei que teria um protesto assim", disse Snobbcraft, recuperando um pouco de sua confiança. "Foi por isso que telefonei para o Frazier para deixar tudo pronto... Ah, que vergonha ser colocado para fora de casa, desse jeito!"

Deu um olhar maligno para o estatístico, que desviou os olhos.

"Tudo certo, senhor", anunciou Frazier. "Para onde vamos?"

"Para meu rancho de Chihuahua, e se apresse", vociferou Snobbcraft.

"Mas... mas não temos gasolina o suficiente para ir tão longe, disse Frazier. "Você... o senhor... não me disse que queria ir para o México, patrão."

Snobbcraft encarou o homem, incrédulo. Sua raiva era tão grande que não conseguia falar, por momento. Então disparou um jorro de impropérios e xingamentos que teria constrangido um capitão pirata, enquanto que o aviador só ouvia, boquiaberto e indeciso."

No meio da diatribe, o som de buzinas rompeu o ar, pontuadas por berros e tiros de pistola. Os três homens no avião viram que pela estrada da cidade vinha uma torrente de faróis. A carreata já estava quase no portão da casa de campo de Snobbcraft.

"Vamos logo, se manda daqui", sobressaltou-se Snobbcraft. "A gente arranja mais gasolina no caminho. Corre!"

O doutor Buggerie, sem fôlego e roxo de medo, empurrou o aviador para fora do avião. O sujeito girou as hélices, saltou de volta à cabine, assumiu o manche e a grande máquina deslizou pela pista.

Não havia tempo a perder. A carreata já entrava na propriedade. O ruído do motor abafava o som da turba que se aproximava, mas os dois homens apavorados viram vários flashes que anunciavam os tiros de pistola. Muitos dos carros seguiram pela pista, no encalço do avião. Parecia que iriam vencer a corrida. Snobbcraft e Buggerie olhavam nervosos para diante. Estavam quase no fim da pista e o avião ainda não tinha alçado voo. Os carros em perseguição se aproximavam. Viram-se vários outros flashes das armas. Uma bala perfurou a lateral da cabine. Em simultâneo, Snobbcraft e Buggerie jogaram-se no chão.

Por fim a aeronave empinou, passou pelas árvores ao fim da pista e começou a ganhar altitude. Os dois homens respiraram fundo, aliviados, ergueram-se e voltaram para os assentos luxuosamente estofados.

Um terrível fedor logo pôde ser percebido pelos dois passageiros e o piloto. Este último olhou por cima dos ombros, desconfiado. Snobbcraft e Buggerie, com os narizes retraídos e as testas contraídas, olharam, com suspeita, um para outro. Ambos se remexeram, desconfortáveis, em seus assentos e olhares de culpa sucederam os de suspeita. Snobbcraft precipitou-se para a traseira enquanto o estatístico abria as janelas e então seguiu o candidato à vice-presidência.

Quinze minutos mais tarde, dois embrulhos foram ejetados pela janela do avião e os dois passageiros, um tanto acanhados mas aliviados, voltaram a seus assentos. Snobbcraft vestia um macacão marrom pertencente a Frazier enquanto que seu amigo cientista havia se enfiado em um par de calças brancas que eram usadas por seu lacaio. Frazier virou o pescoço, os viu e sorriu.

Por horas e horas, o avião deslizou pelo céu noturno. A cento e cinquenta quilômetros por hora, ultrapassava cidade após cidade. Por volta do alvorecer, quando sobrevoaram Meridian, no Mississipi, o motor começou a ratear.

"Qual o problema?", Snobbcraft perguntou, nervoso, ao piloto.

"A gasolina está acabando", Frazier respondeu, pesaroso. "Temos que pousar logo."

"Não! Não no Mississipi!", disse Buggerie, arfando e ficando roxo de preocupação. "Vão nos linchar se descobrirem quem nós somos".

"Bem, não dá para ficar aqui em cima por muito tempo", alertou o piloto.

Snobbcraft mordeu o lábio e refletiu, furioso. É verdade que correriam risco se pousassem em qualquer lugar do Sul, especialmente no Mississipi, mas o que poderiam fazer? O motor cada vez mais rateava e Frazier havia reduzido a velocidade para poupar gasolina. Estavam praticamente planando. O piloto olhou para Snobbcraft, esperando uma resposta.

"Meu Deus, estamos em uma enrascada", disse o presidente da Associação Americana Anglo-Saxônica. Então veio-lhe uma ideia e ele se animou. "Podemos nos esconder na cabine traseira enquanto Frazier consegue a gasolina", sugeriu.

"E se alguém vier espiar a cabine traseira?", perguntou Buggerie, lamurioso, enfiando as mãos nos bolsos da calça. "Deve ter muita gente curiosa quando um avião desse tamanho pousa na área rural".

Enquanto falava, sua mão encontrou alguma coisa dura no bolso. Parecia uma caixa de pomada. Ele a retirou, curioso. Era uma caixa de graxa de sapatos, que o lacaio com certeza usava nos calçados de Snobbcraft. Olhou para ela sem interesse e estava a ponto de enfiá-la de volta ao bolso quando teve uma ideia brilhante.

"Olhe isso, Snobbcraft", gritou de excitação, seus olhos reumáticos saltando do crânio mais do que o habitual. "É isso!"

"O que quer dizer?", perguntou o amigo, olhando para a caixinha de latão.

"Bem", explicou o cientista, "você sabe que os *niggers* de verdade agora são raridade e ninguém pensaria em incomodar dois deles, nem mesmo no Mississipi. Seriam só uma curiosidade."

"No que está pensando, homem?"

"Nisto: podemos cobrir com isso nossa cabeça, rosto, pescoço e mãos e ninguém vai nos identificar como Snobbcraft e Buggerie. Frazier pode dizer a quem quiser saber que somos dois crioulos que ele está tirando do país, ou algo assim. Depois, quando conseguirmos o combustível e nos mandarmos, podemos nos limpar com querosene. É nossa única chance, Arthur. Se descermos com essa nossa cara, vão nos matar, sem dúvida."

Snobbcraft comprimiu os lábios e ponderou sobre a proposta. Era de fato, reconheceu, sua única chance de passarem incólumes.

"Tudo bem", concordou. "Vamos logo, essa aeronave não vai ficar muito tempo no ar."

Passaram então a meticulosamente esfregar, na cabeça, rosto, pescoço, face, peito, mãos e braços um do outro, a cera de engraxate. Em cinco minutos ficaram parecendo um par de cantores *black-face*. Snobbcraft logo deu instruções a Frazier.

O avião apontou o bico para o solo. A região não era muito plana e não havia um bom lugar para pousar. Não havia tempo a perder, no entanto, então Frazier fez o melhor que pôde. A aeronave foi de encontro a troncos e mato, seguindo direto para um bando de árvores. O piloto agilmente girou para a esquerda, só para cair de frente a uma vala. O avião capotou completamente, com uma de suas asas completamente amassada e Frazier, preso na fuselagem retorcida sob o motor, gritou fracamente por socorro por um momento e logo caiu inerte.

Feridos e abalados, os dois passageiros, conseguiram se arrastar para fora da cabine com segurança. Pesarosamente ficaram sob o sol do Mississipi, examinando os destroços do avião e olhando inquisitivamente um para o outro.

"Bem", gemeu o doutor Buggerie, esfregando uma de suas nádegas, inflamada, "e agora?"

"Cala a boca", rugiu Snobbcraft. "Se não fosse por você, não estaríamos aqui."

Happy Hill, no Mississipi, estava muito animada. Há alguns dias vinha preparando o grande *Revival* ao ar livre da Igreja da Fé Verdadeira dos Amantes de Cristo. Os fiéis de todas as redondezas eram esperados para participarem da cerimônia programada para a tarde do dia da eleição, que todos esperavam durar até bem dentro da noite.

Esta parte do estado tinha ficado intocada pelas atribulações pelas quais o resto do Sul tinha passado com o resultado das atividades da Black-No-More SA. O povo daquela região era, com poucas exceções, formado por antigos moradores e, portanto, conhecidos por seu sangue azul caucasiano genuíno, desde que eles se lembravam, que era pelo menos cinquenta anos atrás. Tinham orgulho disso. Tinham mais orgulho, no entanto, do fato de que Happy Hill era o lar e cidade natal da Igreja da Fé Verdadeira dos Amantes de Cristo, que se gabava prodigiosamente de ser a mais verdadeiramente fundamentalista de todas as seitas dos Estados Unidos. Outras coisas das quais a comunidade poderia se gabar eram de sua excepcionalmente alta taxa de analfabetismo e dos seus registros de linchamento — mas tais coisas eram raramente mencionadas, ainda que ninguém se envergonhasse delas. Certas coisas são tidas como garantidas.

Bem antes dos Estados Unidos terem se livrado de seus negros pelos bons e não solicitados serviços do doutor Junius Crookman, Happy Hill tinha se livrado dos poucos negros que ainda viviam nas proximidades e também de qualquer crioulo que tivesse o azar de passar por lá. Desde os tempos da Guerra Civil, quando os corajosos antepassados dos habitantes caucasianos tinham vigorosamente resistido a todos os esforços de convocá-los para o Exército Confederado, havia uma placa pendurada no comércio e agência postal, dizendo

> NIGER, LEIA I SI MANDA. SI TU NUM
> ÇABE LÊ, SI MANDA MEMO AÇIM

Os cidadãos alfabetizados de Happy Hill algumas vezes ficavam do lado de fora soletrando as palavras com o orgulho que costuma acompanhar a erudição.

O método pelo qual Happy Hill desestimulava os crioulos a procurarem a hospitalidade do lugar era bem simples: o meliante etíope ou seria enforcado ou seria torrado. Diante do comércio e da agência postal havia um poste de ferro de cerca de um metro e meio. Nele, os pretos eram queimados. De um lado, havia uma série de marcas feitas com martelo e formão. Cada marca significava um negro despachado. Esse poste era um dos marcos da comunidade e era exibido aos visitantes com escusável orgulho cívico pelos locais. Os velhos sábios costumavam comentar, entre cusparadas de tabaco, que o único problema negro em Happy Hill era a dificuldade de encontrar os filhos e filhas de Cam em quantidade suficiente para iluminar a escuridão do local.

Naturalmente, as notícias sobre o desaparecimento de todos os negros, não somente do estado mas do país inteiro, foram recebidas com sincero pesar pelos habitantes de Happy Hill. Entenderam que seria o fim de um velho e estabelecido costume local. Agora não restava nada a estimulá-los a não ser a velha religião e as orgias clandestinas que invariavelmente seguiam-se imediatamente aos *Revivals*.

Assim, o povo simples do campo havia voltado à religião com renovado ardor. Havia muitas igrejas no condado: metodista, batista, restauracionista e, é claro, os estrebuchantes da carismática. Esta última, por sinal, tinha o maior rebanho. Mas aquela gente, desejando algo novo, achava todas as velhas igrejas muito comportadas. Queriam uma fé com mais impacto; uma fé que acompanhasse bem o forte uísque de milho que todos consumiam, ainda que fossem todos defensores de carteirinha da Lei Seca.

Sempre e onde quer que haja uma necessidade social, algo ou alguém virá para supri-la. As necessidades de Happy Hill não eram exceção. Um dia, muitas semanas atrás, havia chegado à comunidade um certo Reverendo Alex McPhule, que se dizia criador de uma nova fé, uma fé verdadeira, que salvaria a alma de todos das maquinações do Maligno. As outras igrejas, afirmava, tinham fracassado. As outras igrejas tinham amolecido e flertavam com o ateísmo e o modernismo que, de acordo com o reverendo McPhule, eram a mesma coisa. Um anjo de deus o havia visitado numa noite de verão em Meridian, ele contou, quando estava doente e acamado como resultado de seus pecados. O anjo lhe dissera para se arrepender e recompor e sair pelo mundo pregando a fé verdadeira do amor de Cristo. Ele se comprometeu a fazer isso, é claro, e então o anjo colocou a palma da mão na testa do reverendo McPhule e toda a doença e tristeza foram embora.

Os residentes de Happy Hill e redondezas o escutaram com arrebatada atenção e respeito. O homem era sincero, eloquente e, obviamente, nórdico. Era alto, pernas meio arqueadas, com um tufo de cabelo ruivo desgrenhado, selvagens olhos azuis, maçãs do rosto cavadas, queixo protuberante e longos braços símios que impressionavam quando ele os agitava para cima e para baixo durante uma peroração. Sua história parecia lógica para o povo do campo e eles seguiram em rebanho para o primeiro *Revival* que ocorreu em um pitoresco anfiteatro natural, a menos de dois quilômetros da cidade.

Ninguém teve dificuldade para entender a nova fé. Não se permitia nenhuma música que não fosse o canto e as batidas na base de um tubo de madeira. Não havia cadeiras. Todos sentavam-se em círculo com o reverendo McPhule no meio. O homem sagrado puxava uma canção extemporânea e logo os fiéis o acompanhavam cantando, balançando de um lado para o outro em uníssono. Então ele interrompia abruptamente e disparava um sermão das antigas sobre danação e fogo dos infernos, na qual figuravam demônios, enxofre, adultério, álcool e outros males proeminentes. Ao fim de seus comentários, ele rolava os olhos em direção aos céus, com espuma no canto da boca, se esgueirava no chão feito um animal e abraçava todos os membros da congregação, especialmente as mais carnudas. Esse seria o sinal para que os outros o seguissem. As irmãs e irmãos osculavam-se, abraçavam-se e rolavam pelo chão, gritando "Cristo é amor!... Ame Cristo!... Seja feliz nos braços de Jesus!... Ah, Jesus, meu amor!... Pai celestial!". Geralmente esses *revivals* aconteciam nas noites mais escuras, com o local de adoração mal iluminado por tochas. Uma vez que essas tochas pareciam convenientemente se apagar na hora dos abraços e do rala-e-rola, essa nova fé rapidamente tornou-se popular.

Logo logo, nada em Happy Hill era bom demais para o Reverendo Alex McPhule. As portas da cidade estavam abertas para ele. Como era costume entre os homens da fé, era especialmente popular entre as senhoras. Quando os homens saíam para trabalhar no campo, o homem de Deus visitava lar após lar e confortava as mulheres do povo com sua mensagem cristã. Sendo solteiro, fazia esses atendimentos profissionais com muita frequência.

O Reverendo Alex McPhule também recebia para audiências privadas os enfermos, os pecadores e os neuróticos em sua casinha. Lá, havia erguido um altar coberto com o mármore branco de um velho balcão. Em torno desse altar, estavam pintadas algumas figuras grotescas, certamente obras do evangelista, enquanto que no fundo do altar havia uma grande tela quadrada, na qual estava pintado um imenso olho. Ao pecador que buscasse redenção era mandado ficar encarando o olho enquanto fazia suas confissões e solicitações. No altar repousava um manuscrito mal encadernado com cerca de oito centímetros de espessura. Aquela era a "Bíblia" dos Amantes de Cristo que o reverendo McPhule declarara ter sido escrita por ele sob ditado do próprio Jesus Cristo. A maioria dos visitantes era formada por esposas de meia-idade e por donzelas com problemas nos nervos ou nas adenoides. Ninguém ia embora insatisfeita.

Mesmo com toda a boa fortuna que havia jorrado sobre o reverendo McPhule por fazer o trabalho do Senhor, ele nem assim estava contente. Nunca passava diante de uma igreja batista, metodista ou carismática sem que sua inveja e a ambição o consumissem. Queria que todo mundo naquele condado pertencesse a seu rebanho. Queria fazer o trabalho de Deus de forma tão eficiente que as outras igrejas teriam de sair do negócio. Só poderia alcançar isso, sabia ele, com o auxílio de uma mensagem direta do Céu. Somente isso impressionaria aquela gente.

Começou a falar, nos cultos, sobre um sinal vindo do Céu, para convencer os que duvidavam e os incréus, como os metodistas e os batistas. Seu rebanho estava já nervoso de ansiedade, mas o Senhor havia deixado, por alguma razão, de responder às orações de seu braço direito.

O reverendo McPhule começou a se perguntar o que teria feito para ofender o Todo Poderoso. Orou com fervor por horas a fio, na quietude de seus aposentos, a não ser quanto tinha companhia, mas nenhum sinal aparecia. É possível, pensava o evangelista, que alguma grande demonstração atraísse a atenção de Jesus, alguma coisa maior que os *revivals* que ele vinha organizando. Então um dia alguém lhe trouxe um exemplar de *O Alerta* e, ao ler, teve uma ideia. E se o Senhor enviasse um *nigger* para sua congregação linchar! Aquela seria, de fato, a prova incontestável do poder do reverendo Alex McPhule.

Orou com fervor cada vez mais intenso mas nenhum africano apareceu por lá. Duas noites mais tarde, estava diante do altar, com sua "Bíblia" apertada entre as mãos, quando um morcego entrou pela janela. Fez um giro rápido pelo quarto e logo voou embora. O reverendo McPhule pode sentir o vento de suas asas. Ergueu-se com um olhar selvagem em seus olhos azuis molhados e gritou "um sinal! Um sinal! Oh, Glória! O Senhor respondeu minhas orações! Obrigado, Senhor! Um sinal! Um sinal!". Então sentiu-se tonto, seus olhos se apagaram e caiu torto diante do altar, inconsciente.

No dia seguinte, saiu por Happy Hill contando a experiência da noite anterior. Um anjo do Senhor, contou aos aldeões boquiabertos, tinha entrado pela janela, pousado em sua "Bíblia" e, beijando-o na testa, havia declarado que o Senhor iria responder às orações e enviar um sinal. Como prova de seu relato, o reverendo McPhule exibia um ponto vermelho em sua testa, que ele obtivera quando sua cabeça bateu no tampo de mármore do altar, mas que ele alegava ser a marca de onde a mensagem do Senhor o havia beijado.

As pessoas simples de Happy Hill estavam, com poucas exceções, convencidas que o reverendo McPhule tinha boas relações com as autoridades celestes. Nervosos e ansiosos, só falavam no tal sinal. Estavam roendo as unhas na expectativa do *revival* marcado para o dia de eleição, quando esperavam que o Senhor os abençoaria.

Por fim chegou o grande dia. De longe e de perto veio a boa gente do interior, montada a cavalo, de carroça ou com seus calhambeques. Muitos fizeram uma pausa para depositar o voto para Givens e Snobbcraft, sem terem notícia do que se passara nas vinte e quatro horas anteriores, mas a grande maioria partiu direto para a sagrada clareira onde a oração estava para acontecer.

O reverendo Alex McPhule vangloriava-se, internamente, dos muitos círculos concêntricos de rostos olhando para ele. Estavam sedentos, ele via, para beber de suas palavras de sabedoria e para serem arrebatados.

Notava com satisfação que havia muitos desconhecidos na congregação. Era uma demonstração de que seu poder aumentava. Olhou, apreensivo, para o céu azul. Será que o sinal viria? O Senhor atenderia suas preces? Murmurou mais uma prece e então seguiu para sua função.

E que figura impressionante a dele. Havia se coberto com um comprido robe com uma grande cruz vermelha no peito esquerdo, e parecia-se com os profetas de outrora. Caminhou para frente e para trás no pequeno círculo de humanidade, debruçando-se e recuando os ombros, balançando os braços, sacudindo a cabeça e rolando os olhos enquanto recontava, pela quinquagésima vez, a história da visita do anjo. O homem era um ator nato, e sua voz tinha aquele tom sepulcral universalmente associado aos homens de Deus, aos arautos e aos oradores do dia da independência. Na primeira fila se comprimia o Coro da Verdadeira Fé de Happy Hill, com oito moças e o velho e grisalho Yawbrew, o tocador de tambor, entre elas. Elas gemiam, diziam "amém" ou "sim, Senhor" em intervalos irregulares.

Então, tendo concluído sua história, o evangelista começou a cantar em sua voz áspera e anasalada.

Vim a Happy Hill para livrá-los do pecado
É melhor entrarem enquanto o portão
da Salvação está destrancado
Oh, Glória, Aleluia! É melhor entrarem.
Jesus Cristo me convocou para salvar nossa branca raça,
E, com Sua ajuda, vou lhes salvar da grande desgraça.
Oh, Glória, Aleluia! Temos que salvar esta raça.

O velho Yawbrew bateu em seu tubo enquanto as irmãs balançavam acompanhando seu pastor. A congregação uniu-se à cantoria.

De repente o reverendo McPhule parou, olhou para as fileiras de rostos distorcidos e, estendendo seus longos braços para o sol, gritou:

"Virá a nós, estou lhes dizendo. Sim, ó Senhor, o sinal virá — ugh. Sei que meu Senhor viveu e que o sinal virá — ugh. Se — ugh — vocês tiverem fé — ugh. Ó, Jesus — ugh. Irmãos e irmãs — ugh. Tenham fé — ugh — e o Senhor — ugh — atenderá suas preces... Oh, Cristo — ugh. Oh, meu Jesusinho — ugh... Ó, Deus — ugh — atendei as nossas preces... Nos salve — ugh. Enviai-nos o sinal..."

A congregação o repetiu, gritando "Enviai-nos o sinal...". E foi então que ele começou outro hino, composto na hora.

Ele enviará o sinal,
Oh, ele enviará o sinal
Amado Jesusinho Cristo
Ele enviará o sinal.

E por seguidas vezes cantaram essa estrofe. As pessoas foram se juntando até que chegar a um volume medonho. Então, com um berro estridente, o reverendo McPhule ficou de quatro e, correndo em meio ao povo, abraçava um de cada vez, gritando "Cristo é amor!... Ele enviará o sinal!... Oh, Jesus! Enviai-nos o sinal!". O grito dos outros misturou-se com o dele e começaram os beijos e abraços e rala-e-rola geral naquela clareira murada de verde sob o sol do meio dia.

Na medida em que o sol alcançava o zênite, o senhor Arthur Snobbcraft e o doutor Samuel Buggerie, grotescos em suas roupas indescritíveis e suas peles tingidas de preto, se arrastavam por uma estrada de barro que esperavam ser a direção para uma cidade. Já há três horas estavam nessa, inspecionando casas de fazenda isoladas e cabanas de madeira, na esperança de chegar a algum lugar onde pudessem tomar um trem. Zanzaram sem direção em torno do avião destroçado por umas duas ou três horas antes de criarem a coragem de seguirem pela estrada. De repente, sentiram um arrepio de alegria, um tanto misturado à apreensão, quando espiaram, desde uma colina na estrada, uma coleção considerável de casas.

"Tem uma cidade ali", exclamou Snobbcraft. "Vamos tirar essa tinta da cara. Deve ter um posto telegráfico por lá."

"Não seja louco", implorou Buggerie. "Se tirarmos essa pintura negra estamos perdidos. O país inteiro ficou sabendo das notícias sobre nós a essa altura, mesmo no Mississipi. Vamos entrar do jeito que estamos, fingindo que somos *niggers*, e vão nos tratar direito. Não vamos ter de demorar muito. Com nossos retratos espalhados pelo país, seria suicídio dar as caras em um desses antros de racismo e ignorância."

"Bem, talvez você esteja certo", admitiu, contrariado, Snobbcraft. Estava doido para tirar aquela cera negra da pele. Os homens tinham suado muito durante a trilha e o suor tinha se misturado com a tinta, para seu desconforto.

Assim que se dirigiram para a cidadezinha, ouviram gritos e cantorias, à esquerda.

"O que é isso?", falou o doutor Buggerie, parando para escutar.

"Parece uma reunião campal", respondeu Snobbcraft. "Espero que seja. Com certeza esse pessoal vai nos tratar bem. O povo dessas terras é cristão de verdade."

"Não sei se é sensato se aproximar de multidões", alertou o estatístico. "Nunca se sabe o que uma turba pode fazer".

"Ah, cala a boca e vamos lá!", disparou Snobbcraft. "Já ouvi você demais. Se não fosse por você, nunca estaríamos nessa enrascada. Estatística! Bah!"

Meteram-se pelo mato em direção ao som da cantoria. Logo alcançaram a ponta de uma ravina e olharam para o grupo de pessoas, lá embaixo. Ao mesmo tempo, algumas das pessoas que olhavam para aquela direção os viram e começaram a gritar. "O sinal! Olhem! *Niggers!* Louvado seja o senhor! O sinal! Vamos linchá-los!". Outros se uniram na gritaria. O reverendo McPhule desgarrou-se de uma irmã carnuda e levantou-se, com os olhos arregalados. Suas preces tinham sido atendidas. "Linchem eles!", rugiu.

"É melhor a gente se mandar", disse Buggerie, trêmulo.

"Sim", concordou Snobbcraft, quando o grupo começou a correr em sua direção.

Atravessaram correndo cercados, arbustos e valas, bufando e arquejando com o esforço a que não estavam acostumados, enquanto em seu encalço vinham o reverendo McPhule e seu rebanho entusiasmado.

Lentamente, a turba foi se aproximando dos dois aristocratas da Virginia. O doutor Buggerie tropeçou e se esborooou pelo chão. Uma dúzia de homens e mulheres caíram em cima enquanto ele berrava por socorro a Snobbcraft, que acelerava. Ele se livrou por mais um tempo, mas o reverendo McPhule e muitos outros o sobrepujaram.

Os dois homens foram postos em marcha, em protesto, até Happy Hill. Os aldeões os beliscavam e puxavam, lhes davam socos e pontapés, durante a marcha triunfal. Ninguém deu a mínima atenção para seus apelos. Happy Hill tinha esperado tempo demais por um negro que pudessem linchar. Aquela boa gente não iria hesitar agora que o Senhor havia escutado suas preces.

Buggerie chorava e Snobbcraft oferecia altas somas em troca de sua liberdade. O dinheiro foi tomado e distribuído, mas os dois homens não foram soltos. Insistiam que não eram negros, mas só recebiam pancadas por resposta.

Por fim a alegre procissão chegou ao poste de ferro, há tanto tempo sem uso, diante do comércio e da agência postal de Happy Hill. Assim que Snobbcraft viu o poste, adivinhou seu significado. Alguma coisa tinha que ser feita, rapidamente.

"Não somos *niggers!*", berrou para a turba. "Tirem nossas roupas e olhem para nós. Vejam vocês mesmo. Por Deus! Não linchem homens brancos. Somos tão brancos quanto vocês."

"Sim, cavalheiros", balia o doutor Buggerie. "Somos mesmo homens brancos. Viemos de um baile de máscaras em Meridian e nosso avião caiu. Vocês não podem fazer uma coisa dessas. Somos homens brancos, estou dizendo!"

A turba fez uma pausa. Até mesmo o reverendo McPhule parecia convencido. Rasgaram-lhes a roupa e foi revelada a pele branca que havia por baixo. Imediatamente, as desculpas tomaram o lugar do ódio. Os dois homens foram levados ao comércio e lhes permitiram lavar a tinta, enquanto a multidão, um tanto desapontada, ficou por lá sem saber o que fazer. Sentiam-se trapaceados. Alguém teria de ser culpado por acabar com a diversão. Começaram a encarar o reverendo McPhule, que olhava para os lados, nervoso.

De repente, no meio da tensão crescente, uma velha caminhonete Ford aproximou-se da multidão e dela saltou um jovem, com um jornal na mão.

"Olhem aqui", berrou. "Descobriram que esses malditos desses candidatos democratas são *niggers*. Olha só: Givens e Snobbcraft. Tem o retrato deles aqui. Se mandaram de avião ontem a noite fugindo da multidão que os queria linchar." Homens, mulheres e crianças se aglomeraram em torno do recém-chegado enquanto ele lia o relato do voo dos democratas defensores da moral. Olharam-se uns para os outros perplexos e dispararam impropérios contra os retratos dos candidatos desaparecidos.

Lavados e refrescados, o senhor Arthur Snobbcraft e o doutor Samuel Buggerie, cada um tragando um charuto de cinco centavos (o mais caro daquele comércio), apareceram no alpendre da loja. Sentiam grande alívio depois de escaparem por um triz.

"Te disse que eles não saberiam quem somos", disse Snobbcraft, desdenhoso.

"E quem são vocês mesmo?", perguntou o reverendo McPhule, correndo para o encontro deles. Tinha um jornal à mão. A turba observava, tensa.

"E-e-eu? Eu sou é... er... sou o...", gaguejou Snobbcraft.

"Não é você aqui nesse retrato?", trovejou o evangelista, apontando para a semelhança com a primeira página do jornal.

"O quê? Não!", mentiu Snobbcraft. "Mas... até que parece um pouco, não é?"

"Pode ter certeza que parece!", disse o reverendo McPhule, firme. "E que é você mesmo!"

"Não, não, não... não sou eu", berrou o presidente da Associação Anglo-Saxônica.

"É sim", rugiu McPhule, enquanto a turba se fechava em torno dos dois infelizes. "É você e você é um *nigger*, segundo o que diz esse jornal, e os jornais não mentem." Voltando-se para os seguidores, comandou: "levem-nos. São *niggers* como eu disse. A vontade de Deus será feita. Imagine! *Niggers* concorrendo na chapa democrática!"

A turba se fechou em torno deles. Buggerie protestou, disse que era branco mesmo, mas não adiantou. A multidão já tinha desculpas o suficiente para fazer o que tanto queriam. Esmurraram os rostos dos dois homens, chutaram-no, rasgaram as roupas, procuraram em seus bolsos e encontraram cartões e papéis provando sua identidade e, se não fosse pela tranquilidade e presença de espírito do reverendo McPhule, os Amantes de Cristo da Fé Verdadeira teriam estraçalhados os infelizes, um membro de cada vez. O evangelista conteve os mais exaltados e insistiu que a cerimônia prosseguisse segundo o costume imemorial.

Assim, os impetuosos cederam aos sábios conselhos. Os dois homens, vociferando em protesto, foram despidos, detidos por lavradores robustos e dispostos e tiveram suas orelhas e órgãos genitais cortados com canivetes em meio aos gritos diabólicos de homens e mulheres. Quando essa cirurgia tosca foi concluída, alguns pândegos costuraram suas orelhas às costas e eles foram soltos, e mandados a correr. Com disposição, a despeito da dor, ambos tentaram aproveitar a oportunidade. Qualquer coisa seria melhor que aquilo. Aos tropeços, atravessando a ala aberta pela multidão, tentaram correr pela estrada de barro, o sangue escorrendo de seus corpos. Mal tinham andado alguns metros quando, a um sinal do evangelista militante, meia dúzia de revólveres foram descarregados neles e os dois cidadãos da Virgínia desabaram no pó em meio à estrepitosa gargalhada da congregação.

Encerradas as preliminares, as duas vítimas, que ainda não estavam mortas, foram colhidas, arrastadas até o poste e amarradas, um de costa para o outro. Garotinhos e menininhas alegremente catavam raspas de madeira, papel velho, gravetos e tocos, enquanto que seus pais e mães buscavam lenha, caixas, querosene e as aduelas de um barril de cidra. O combustível foi empilhado em torno dos homens que gemiam, até que só se podia ver suas cabeças.

Quando tudo estava pronto, as pessoas se afastaram e o reverendo McPhule, como mestre de cerimônias, acendeu a pira. Quando as chamas se erguiam aos céus, os homens atordoados, atiçados pelas chamas, se contorciam em vão nas correntes que os prendiam. Buggerie soltou a voz e lançou ganidos após ganidos enquanto as chamas lambiam seu corpo gorduroso. A turba apupava de alegria e o reverendo McPhule sorria de satisfação. As chamas ficaram cada vez mais altas e esconderam completamente as vítimas da vista. O fogo estalava alegremente e o calor intenso fez os espectadores se afastarem. O cheiro de carne assada empestou o límpido ar do campo e muitas narinas se dilataram culposamente. As chamas enfim se recolheram para revelar um poste de metal, vermelho de tão quente, suportando duas carcaças esturricadas.

Havia em meio ao grupo dois ou três negros embranquecidos que, lembrando o que sua raça sofrera no passado, sentiram-se impelidos a ir em socorro dos dois homens mas, por amor à própria vida, hesitaram. Mesmo assim foram encarados de forma reprovadora por alguns dos Amantes de Cristo porque não pareciam estar desfrutando do espetáculo, como o restante. Notando esses olhares inquisidores, os negros embranquecidos começaram a berrar e espicaçar os corpos que ardiam com varetas e a jogar pedras neles. Esse gesto desfez as suspeitas contra ele e foram mais uma vez considerados cem por cento americanos.

    Quando acabou o assado e as brasas haviam arrefecido, os membros mais aventurosos do rebanho do reverendo McPhule correram para o poste e reviraram os dois corpos em busca de *souvenirs* tais como falanges ou dentes. Seu pastor os admirava com orgulho. Aquela fora o coroamento da ambição de uma vida. Amanhã seu nome estaria em cada jornal dos Estados Unidos. Deus havia mesmo respondido a suas preces. Deu graças novamente enquanto enfiava a mão no bolso e sentia o reconfortante toque da cédula de cem dólares que havia extraído do bolso de Snobbcraft. Estava supremamente feliz.

E assim foi

Nos últimos dias da presidência Goosie, o Cirurgião-Chefe dos Estados Unidos, doutor Junius Crookman, publicou uma monografia sobre as diferenças na pigmentação da pele entre os brancos reais e aqueles que ele havia embranquecido pelo processo Black-No-More. Nela ele declarava, para consternação de muitos norte-americanos, que, em praticamente todos os casos, os novos caucasianos eram uns dois ou três tons mais claros que os velhos caucasianos e que aproximadamente um sexto da população estava naquele grupo. Os velhos caucasianos nunca tinham sido brancos de fato, mas sim de um tom de rosa pálido caindo para cor-de-areia e vermelho. Mesmo quando um velho caucasiano contraía vitiligo, exemplificou, a pele ficava bem mais clara.

Para uma sociedade que tinha sido ensinada a venerar a branquitude por mais de três séculos, este anúncio foi um tanto estarrecedor. Que mundo é esse em que um negro seria mais branco que os brancos? Muitas pessoas nas classes superiores começaram a olhar de soslaio para suas peles muito claras. Se era verdade que brancura extrema seria prova de possuir sangue negro, de ter sido membro da classe pária, então certamente seria melhor não ser tão branco.

A assombrosa publicação do doutor Crookman fez com que todo o país começasse a examinar o tom de pele, mais uma vez. Os suplementos dominicais traziam longos artigos sobre o assunto, escritos por jornalistas picaretas que nada sabiam sobre pigmentação. As pessoas claras que não tinham olhos azuis começaram a ficar faladas. As revistas satíricas começaram a devotar edições extra para a pergunta que estava na boca de todo mundo. O senador Bosh, do Mississipi, prestes a concorrer à reeleição, fez várias menções à essa questão na Câmara. Nos anais do Congresso, seus comentários são interrompidos por "aplausos". Uma canção popular, "Mais branco que branco" era assobiada por toda a nação. Mesmo entre a classe trabalhadora, nos meses seguintes, começou um preconceito contra todos os colegas que fossem excessivamente brancos.

Os novos caucasianos começaram a notar e a se incomodar com os olhares curiosos lançados sobre eles e seus familiares brancos como o lírio nos espaços públicos. Escreveram cartas indignadas para os jornais a respeito dos insultos e discriminações às quais estavam cada vez mais sujeitos. Protestaram veementemente contra os esforços, por parte dos empregadores, de pagar-lhes um salário menor; e por parte dos administradores de espaços públicos, de segregá-los. Uma delegação enviada ao presidente Goosie firmemente denunciou a tendência social e demandou que o governo fizesse alguma coisa. A Liga Abaixo-o-Preconceito-Branco foi fundada por um certo Karl von Beerde, a quem alguns acusavam de ser o mesmo doutor Beard que havia, enquanto era negro, liderado a Liga Nacional para a Igualdade Social. Uma sede foi aberta na Times Square, em Nova York, e as caixas postais foram logo soterradas por *releases* tentando provar que aqueles de pele excessivamente branca eram tão bons quanto qualquer outro e que não deveriam, portanto, serem oprimidos. Um certo doutor Cutten Prod escreveu um livro provando que todas as dádivas da humanidade vieram daquelas raças cuja cor de pele não era excessivamente branca, exemplificando que os noruegueses e outros povos nórdicos viviam em estado selvagem quando o Egito e Creta estavam no auge do seu desenvolvimento. O professor Handen Moutthe, eminente antropólogo (bem conhecido por sua obra popular, *A vida sexual dos imbecis canhotos entre os Ainus)* anunciou que, como resultado de sua longa pesquisa entre os cidadãos mais claros, estava convencido que eles eram mentalmente inferiores e que seus filhos deveriam ser segregados dos outros nas escolas. As descobertas do professor Moutthe foram consideradas definitivas porque ele havia passado três semanas inteiras trabalhando para recolher os dados. Quatro legislaturas estaduais começaram imediatamente a debater projetos de lei para criarem escolas separadas para as crianças brancas demais.

Os da classe alta começaram a procurar meios para aparecerem mais escuros. Ficou na moda passar horas na praia, despidos sob o sol, para então correr para casa, profundamente bronzeado, e, desfilando suas peles escuras, desprezar as pálidas, e portanto menos afortunadas, das relações pessoais. Salões de beleza começaram a vender pós para o rosto com nomes como *Poudre Nègre, L'Egyptienne* e *L'Afrique.*

A senhora Sari Blandine (anteriormente conhecida por Madame Sisseretta Blandish do Harlem), que estava trabalhando de passadeira em uma lavanderia da Broadway, viu a oportunidade e começou a estudar produtos que manchavam a pele. Passou uma semana fora do trabalho para ler sobre o assunto na biblioteca pública e voltou para encontrar uma recém-chegada da Checoslováquia em seu posto no emprego.

A senhora Blandine, no entanto, não ficou triste. Já tinha a informação e, em três ou quatro semanas, encontrou um composto que permitia uma longa impregnação do pigmento castanho claro. Funcionou muito bem em sua filha mais nova. Tão bem, que a donzela foi pedida em casamento por um jovem milionário, um mês depois de aplicado o produto.

Amostras grátis foram distribuídas a todas as mulheres da vizinhança. O escurecedor da senhora Blandine ficou popular e sua fama cresceu. Abriu um salão, que logo ficou lotado de manhã até a noite. O composto foi patenteado com o nome de *Escurecedor Egyptienne Blandine*.

Quando o recém-eleito presidente Hornbill tomou posse, suas lojas *Egyptienne* estavam por todo o país, e ela havia ganho três processos por quebra de patente. Todo mundo que fosse alguém tinha a pele escurecida. Uma garota que não tivesse era evitada pelos jovens; um rapaz sem ela estava em clara desvantagem, econômica e social. Um rosto branco tornou-se cada vez mais raro. Os Estados Unidos estavam, definitiva e entusiasticamente, com uma mentalidade mulata.

Imitações do invento da senhora Blandine apareciam como capim no cemitério. Em dois anos, havia quinze companhias manufaturando diferentes tipos de escurecedores e bronzeadores artificiais. No fim, o bronzeado Zulu virou a última moda entre os mais descolados e tornou-se comum ver uma mocinha parada diante de uma vitrine empapando o rosto com carvão. *Resorts* na Florida e Califórnia, para atrair o *haut monde*, contrataram garotas banhistas naturalmente negras da África, até que as mulheres brancas protestaram contra a prática, com base em que elas eram uma ameaça à vida familiar.

Uma manhã de domingo, o Cirurgião Geral Crookman, olhando para uma fotografia de seu jornal preferido, viu uma foto de um alegre grupo de americanos vestidos com os mais novos e curtos trajes de banho nas areias de Cannes. No grupo ele reconheceu Hank Johnson, Chuck Foster, Bunny Brown e sua esposa negra de verdade, o ex-Grão Mago Imperial e a senhora Givens e Matthews e Helen Fisher. Todos eles, observou, eram tão morenos quanto o pequeno Matthew Crookman Fisher, que brincava a seus pés.

Doutor Crookman sorriu e passou o jornal para sua esposa.

À flor da pele
TOM FARIAS

"Eu nunca danço com *niggers*", disse Helen, uma jovem loura prateada, para Max Disher, um negro alto, bem aparentado e galante, que ousou tirá-la para dançar. O ambiente do embate do casal é o Honky Tonk Club, bar frequentado tanto por brancos quanto negros, numa Nova York às vésperas da virada do ano de 1933.

Presunçoso da sua capacidade masculina e conquistadora, Disher se dá mal: ganha um tremendo pé na bunda da linda garota, o que abala frontalmente sua autoestima.

Esse acontecimento ocorre paralelamente a outro: a chegada do médico e cientista Dr. Crookman, um homem do Harlem, que, depois de anos de estudos na Alemanha, volta ao país trazendo uma invenção revolucionária, verdadeiro divisor de águas, que vai estabelecer novo padrão de relacionamento social: um método para transformar negros em brancos. O primeiro negro a provar dessas experiências é o próprio Disher, que perde a pele negra e passa a ter cabelos louros e lisos.

Essa é a tônica do romance do escritor afro-americano George Schuyler, finalmente publicado no Brasil. A história se passa em um momento bastante conturbado da história dos Estados Unidos, tanto na esfera econômica, quanto social: a quebra da Bolsa de Nova York desencadeia a chamada "Grande Depressão", que dura até às vésperas do lançamento do livro, em 1931. Para combater a "pobreza e violência", ligando-se a tudo isso, é decretada a chamada 18ª Emenda, proibindo a fabricação e comércio de bebidas alcoólicas no país. A conhecida Lei Seca, de 1920, duraria por 13 anos, isto é, dois anos após a publicação do polêmico romance de Schuyler, cujo título se baseou em uma marca de produtos para estirar cabelos (Kink-no-more) e que, em tradução literal, seria "Negro Nunca Mais".

No contexto do livro do escritor afro-americano, com enredo empolgante e cheio de reviravoltas, Disher entra na moldura de um novo homem, ou um homem novo, deixando de lado, ou abandonando de vez, o que no Brasil chamamos de "defeito de cor".

Pela construção da trama, não se trata apenas de um livro sobre o negro americano, trata-se, sobretudo, de um bem acabado esboço sobre uma sociedade, suas bases racistas calcadas na supremacia branca, que ganharam forças na virada do século 19 para o 20 e que, de certa forma, mantém sua memória destrutiva ainda nos dias de hoje: basta fazermos um salto ao ano de 2020 e pensarmos no assassinato de George Floyd.

A leitura de *Black no More* vai nos trazer um certo tom de ironia, de mordacidade, e relevar parte da picardia e hipocrisia frente à religião e ao controle social de raça e classe. George Schuyler, além de nos proporcionar uma viagem ao âmago dos modos e costumes de um tempo fadado pela discórdia racial e disputa pelo desejo e pela aparência, ainda sistematiza — de forma satírica — o padrão de um processo civilizatório semeado pelo histórico legado dos arrancamentos de povos e culturas dos territórios africanos do mundo.

Através de uma voz narrativa potente e corajosa, que não se furta a ironizar a ciência e pontuar os devaneios e desvarios da política e sobretudo dos políticos, *Black no More* é perturbador, incômodo, e põe os próceres da branquitude do período em desassossego e sobressaltos.

Schuyler redesenha, a partir do chamado "Renascimento do Harlem", na ficção, o que em realidade se mostra real e verossímil. Além de tudo isso, expõe um relato assustador, e bem futurista.

Neste contexto, a trama se desenrola como uma grande catarse existencial. Depois de transmutar-se em branco, Max Disher se transforma no todo-poderoso homem de negócios Matthew Fisher, e migra de Nova York para Atlanta. Lá casa-se com a desejada garota da club Honky Tonk, a caucasiana Helen, filha do reverendo Givens, e a vida de dureza e apertos, dos quartos sórdidos de pensões do Harlem, das humilhações policiais e das namoradas "amarelas", fica no passado.

Ninguém se reconhece mais, socialmente. Mas isso é apenas parte do problema. O pior, certamente, ainda está por vir. Mudam-se os códigos, mudam-se as proposituras. Schuyler brinca com engrenagens e sistemas opressores. Debocha de ícones, mesmo reconhecidos pela luta negra, como Marcus Garvey, autointitulado "presidente provisório da África" e o intelectual W.E.B du Bois, que foi travestido no personagem Dr. Shakespeare Agamemnon Beard, mais tarde (e mais branco) Dr. Karl von Beerde. Por exemplo, a aterrorizadora Ku Klux Klan, que tem a simpatia cúmplice de Garvey, ganha roupagem nova de "Cavaleiros de Nórdica", que tem a aversão de Du Bois. O mote central é a pureza racial, o segregacionismo doentio, o fascismo com base na política de embranquecimento, moldada pela paleta de duas cores.

Black No More se desenvolve em partes desiguais, mas progressivas. Na primeira parte, se dá a cena de desilusão do personagem diante da humilhação sofrida na boate; na segunda, o processo de clareamento da pele e o sucesso desse procedimento na população negra; na terceira e última parte, o poderio econômico adquirido por Max Disher (ou Matthew Fisher) e a sua reviravolta: como solucionar os problemas causados com o nascimento de seu bebê preto já que se tornou um pai presumidamente "branco", e, como epílogo, as disputas políticas no âmbito do poder e o *imbroglio* a ser resolvido entre a linha de cor, no estabelecimento das diferenças entre americanos negros e brancos. No final, de forma surpreendente, atingimos o ápice de uma sátira bufo-cômica. O ponto alto, além do cenário de um país completamente desiludido e dividido socialmente, está nas descrições feitas com grande habilidade por Schuyler, que em sequência, vai dominando a nossa atenção e nos fazendo viajar em meio a aventura de uma trama fantasiosa.

A vida de George S. Schuyler, depois de 1931, carreou de idas e voltas entre as suas ações e os seus posicionamentos políticos. *Black no More* pauta-se em época de florescimento de publicações conceituais e engajadas. É o caso de *Not Without Laughter* (1931) de Langston Hughes, com tintas autobiográficas, de *The Conjure-Man Dies* (1932), uma pioneira história detetivesca americana de Rudolph Fisher, e do eletrizante *Black Thunder* (1936), recriação de uma revolta de escravizados em 1800, de Arna Bontemps.

As posições controversas de Schuyler mantinham-no sob o holofote, para o bem e para o mal. Nos quarenta anos seguintes, viveu à mercê do que escrevia, como revela em *Black and Conservative*, autobiografia publicada em 1966.

George Schuyler, como jornalista, se notabilizou por temas polêmicos, para sua época, antagonizando tanto o socialismo quanto o que chamava de "cristianismo branco", que ele entendia, em parte, como espécie de "pró-escravidão" ou "pró-racismo". Entre os anos 1920-30, trabalhou em uma série de órgãos de imprensa, onde publicou reportagens e ensaios, a exemplo de "Black America Begins to Doubt", que saiu no tabloide *American Mercury*, tratando de ateísmo e questionando certas lideranças e leis segregacionistas. Num dos trechos, disse o autor:

No horizonte surge um número crescente de iconoclastas e ateus, jovens homens e mulheres negros que podem ler, pensar e fazer perguntas; e que impertinentemente exigem saber por que os negros deveriam reverenciar um deus que permite que eles sejam linchados.

Em 1948, Schuyler esteve de passagem pelo Brasil, estando alguns dias no Rio de Janeiro, como enviado especial do jornal *The Pittsburgh Courier*, para acompanhar a sessão especial da Conferência Nacional do Negro, na ABI, e se encontrou com o ativista e diretor do Teatro Experimental do Negro, Abdias Nascimento. O escritor afro-americano participou de diversas atividades ao lado de Nascimento, como noticiou o jornal *Quilombo*, dirigido pelo brasileiro.

Suas ideias tiveram fortes impactos e foram divulgadas pelo jornal negro, onde Schuyler deixou vários registros, além de mensagens, entrevistas e uma artigo intitulado "Quilombo nos Estados Unidos", traduzido pelo professor João Conceição diretamente das páginas de *The Pittsburgh Courier*, fazendo propaganda do jornal de Nascimento e comparando a questão do negro estadunidense com a do brasileiro.

Na primeira edição do jornal, em 9 de dezembro de 1948, logo na primeira página, com foto dele e Nascimento, Schuyler dá uma entrevista, intitulada "Dois Mundos: Preto e Branco, dentro de um só país", na redação do jornal, no centro do Rio, onde responde algumas indagações do entrevistador (o próprio Nascimento), sobre "a possibilidade da mistura de raça nos Estados Unidos", talvez aludindo a seus temas em periódicos americanos ou remetendo ao livro *Black no More*. Ao ser provocado, respondeu o seguinte:

> *É uma solução muito distante e teórica. O negro não pensa em mistura através do casamento. Para que e por que ele havia de pensar nisso? Em qualquer condição social ou cultural em que se ache, ele encontra para se casar pretas cultas, educadas. O negro possui uma sociedade completa e nem gosta de admitir nela o branco.*

Indagado o porquê, disse que receia "que o branco traga consigo o seu racismo. Mesmo que ele não seja racista, o negro suspeita sempre".

Schuyler já havia percorrido países da América Latina, de Cuba à Argentina, tendo se encontrado com lideranças negras e registrado as experiências de sua viagem. Os relatos foram publicados na seção "O mundo numa coluna", de seu jornal, onde pautou muito sobre a questão de raça.

George S. Schuyler ainda é pouco conhecido no Brasil. Suas ideias resumem um retrato coletivo como parte da sua formação intelectual e jornalística ao longo dos seus 82 anos de vida.

Quilombo nos Estados Unidos

(artigo de George Schuler republicado
em *Quilombo*, janeiro de 1950)

Quilombo é a única publicação ilustrada e devotada à causa do progresso do Negro do Brasil. Talvez vocês julguem que os negros do Brasil não têm "causa" no sentido do problema do Negro dos Estados Unidos, mas se vocês pensam assim estão totalmente errados. Alguns dos problemas inerentes aos negros desse país também o são aos negros do Brasil. O problema da cor não é tão severo e óbvio como nos Estados Unidos, mas existe definitivamente lá, embora os brancos brasileiros o neguem.

Os brasileiros de cor têm uma história diferente. Vocês podem saber dessa história no *Quilombo* todos os meses. Vocês podem saber, através de suas interessantes páginas, o que os brasileiros de cor estão fazendo no mundo social e artístico. Vocês podem conhecer a obra dos negros atores e escritores e também notarem a extensão da variação de cor e discriminação num país maior que o de vocês, em que a maioria do povo é o que chamamos NEGROS aqui nos Estados Unidos.

O principal objetivo dessa gente é despertar o povo de cor do Brasil e informá-lo dos perigos social-econômicos ao seu bem-estar e ao mesmo tempo, dar-lhe alguma noção de responsabilidade potencial na realização de maiores feitos.

Naturalmente os problemas do Negro do Brasil não são os mesmos do Negro americano. Não há no Brasil as chamadas leis "Jim Crow" e o povo de cor lá pode votar livremente. Mas há problemas de discriminação econômica e exploração, há ainda um sistema vicioso e ridículo de castas de cor que se antepõe em muitas formas dolorosas e inconvenientes.

Vocês podem resumir a diferença entre as duas grandes democracias afirmando que os Estados Unidos têm um problema racial enquanto que o Brasil tem um problema de cor. Aqui uma moça completamente branca mas com uma remota ascendência negra pode sofrer por causa daquela chamada gota de sangue "negra". No Brasil, essa mesma moça seria aceita como branca e usaria o preconceito da cor sobre alguma outra moça mais escura e com um pouco mais de sangue negro do que ela.

Dois mundos: preto e branco, dentro de um só país (Quilombo, dezembro de 1948)

Quando o dr. George S. Schuyler passou pelo Rio em missão jornalística do *The Pittsburgh Courier*, tivemos com ele um ligeiro encontro. Sorridente e bem humorado, Schuyler não esconde o escritor irônico, o redator vivo e ágil. Guardamos trecho da conversa que mantivemos.

Quando lhe perguntamos sobre a possibilidade da mistura de raças nos Estados Unidos, Schuyler falou com a segurança de quem representa de fato o pensamento de toda uma raça.

— É uma solução muito distante e teórica. O negro não pensa em mistura através do casamento. Para que e por que ele havia de pensar nisso? Em qualquer condição social ou cultural em que se ache, ele encontra para se casar pretas cultas, educadas. O negro possui uma sociedade completa e nem gosta de admitir nela o branco.

— *Por que?*

— Receio de que o branco traga consigo o seu racismo. Mesmo que ele não seja racista, o negro suspeita sempre. Aliás, os negros de certa educação, os de prestígio, que já lutaram pela raça, acham que os brancos não podem trazer nada de novo às relações de ambas as raças: não podem trazer dinheiro, porque os negros também o possuem; nem cultura, nem nada. São dois mundos: um branco e outro preto, dentro de um só país. Entre os intelectuais e artistas existe grande camaradagem de pretos e brancos.

De vez em quando colaboram no trabalho e há até mesmo casamento.

— *E onde residem?*

— Quando preto casa com branca mora nos bairros de pretos, e não há dificuldade para o casal. Em certos estados, como Illinois, na Nova Inglaterra, Michigan, Nova York, o casal preto e branco pode morar no bairro de brancos, pois não se faz diferença. Nalguns estados do Norte há mesmo leis contra a discriminação.

— *Quem está contra o negro?*

— Somente o velho preconceito. O governo respeita a tradição de segregar os negros nas foças armadas. Sempre houve unidades de negros, de japoneses, etc. Nunca houve uma experiência de juntar negros e japoneses numa mesma unidade.

Suas observações na América Latina

Schuyler visitou Cuba, Venezuela, Panamá, Colômbia, Equador, Peru, Argentina, Uruguai e Brasil estudando a maneira como os vários grupos étnicos foram incorporados às forças armadas como soldados e oficiais, especialmente o negro.

— Verifiquei que aceitam soldados de qualquer raça, mas quando ao oficialato, é indisfarçável certa discriminação em todo sesses países, isso, naturalmente, em graus variáveis. Às vezes a questão é racial, outras vezes, é social.

Quilombo

VIDA, PROBLEMAS E ASPIRAÇÕES DO NEGRO

NÓS

ABDIAS NASCIMENTO

NÓS saímos — vigorosa e altivamente — ao encontro de todos aqueles que acreditam, — com ingenuidade ou malícia —, que pretendemos criar um problema no país. A discriminação de côr e de raça no Brasil é uma questão de fato (Senador Hamilton Nogueira). Porém a luta de QUILOMBO não é especificamente contra os que negam os nossos direitos, sinão em especial para fazer lembrar ou conhecer do próprio negro os seus direitos à vida e à cultura.

A cultura, com intuição e acentos africanos, a arte, poesia, pensamento, ficção, música, com expressão étnica do grupo brasileiro mais pigmentado, paulatinamente vai sendo relegada ao abandono, ridicularizada pelos líderes do "branqueamento", esquecendo-se esses "aristocratas" de que o pluralismo étnico, cultural, religioso e político da vitalidade dos organismos nacionais, sendo o próprio sangue da democracia (Gilberto Freire). Podemos dizer que o desconhecimento do negro como fator criador e receptivo vem desde 13 de maio de 1888 (Artur Ramos).

Nosso caso se relaciona com todo o problema que determina o predomínio político de uma raça ou grupo étnico de maior força econômica sobre outro grupo étnico ou raça sem meios. Apesar do tanto que antecedeu a conquista da América quando o Papa Pio II, Silvio Enéas Picolomini, levantou impedimentos teológicos do tráfico português de africanos; depois da guerra da secessão nos Estados Unidos motivada pela emancipação dos escravos; após a luta libertadora de Cuba e Brasil, o problema segue no mesmo pé. Quando já não se pode falar de servidão e submissão militar, tiram-lhe violentamente seus direitos no país que ajudou a formar e a construir, como nos Estados Unidos; ou abusadamente obtem-se dos meios psicológicos e mentais que o capacitariam a adquirir a consciência de sua verdadeira condição ante uma igualdade legal, como no Brasil.

A situação apenas esboçada torna-se mais nítida quando assistimos o Haiti pleitear e conseguir, no Pacto de São Francisco, a condenação de tôdas as discriminações raciais. Nas últimas eleições dos Estados Unidos, apareceu um candidato dos autocratas Strom Thurmon com programa beligerantemente racista e abusivo, que conseguiu mais de um milhão de votos, e a própria vitória de Truman buscou-se na campanha pelos direitos civis para todo o povo norte-americano, inclusive os negros. A Índia, nesta mesma Assembléia que se realiza em Paris, levou ao conhecimento das Nações Unidas o problema da discriminação na África do Sul; onde reacionários descendentes dos contrabandistas "boers", com unicamente um milhão e meio sôbre nove milhões de nativos, venceram as eleições contra o partido do general Smuts, favorável aos negros.

É transparente esta verdade histórica: o negro ganhou sua liberdade não por filantropia ou bondade dos brancos, mas por sua própria luta e pela Insubsistência do sistema escravocrata (Caio Prado Jr.). Aqui ou em qualquer país onde tenha existido a escravidão, o negro recorre à piedade e o filantropismo avitantes a luta pelo seu direito de Direito.

O negro brasileiro já conquistara seu direito teórico e codificado mas necessita o exercício ativo desse direito. Como brasileiros nós protestamos contra a existência, não só dos Ku-Klux-Klan alienígenas, como dos autóctones kukluxklan de mentalidades e atitudes.

O nosso trabalho, o esfôrço de QUILOMBO é para que o negro rompa o dique das resistências atuais com seu valor humano e cultural, dentro de um clima de legalidade democrática que assegura a todos os brasileiros igualdade de oportunidades e obrigações. Os atentados à essa paridade jurídica, e de fato praticados frequentemente através de medidas anti-democráticos, separatistas e lesivos à integra-

(Continua na pág. 6)

Há preconceito de côr no Teatro?

RESPONDE A NOSSA ENQUETE NELSON RODRIGUES, O DISCUTIDO AUTOR DE "ANJO NEGRO"! — "INGENUIDADE OU MÁ FÉ NEGAR O PRECONCEITO RACIAL NOS PALCOS BRASILEIROS"

Nelson Rodrigues marca uma fase na evolução do teatro brasileiro. Suas peças "Vestido de Noiva" e "A Mulher sem pecado" grangearam-lhe a reputação de nosso maior autor dramático, e outras, "Álbum de Família" — interditada pela Censura e "Anjo Negro", recentemente interditada pelo Fênix, provocaram debates acêsos em tôrno do valor de sua obra teatral, uns considerando Nelson Rodrigues verdadeiro gênio, outros negando-lhe qualquer valor. Enquanto tudo isso acontece, Nelson Rodrigues prepara-se para enfrentar nova tempestade com a próxima representação de "Senhora dos Afogados", a nossa "Electra" que a polícia interditou também. Ninguem, portanto, mais autorizado para abrir a discussão de QUILOMBO em tôrno da existência ou não do preconceito de côr em nosso teatro.

A QUE ATRIBUE O AFASTAMENTO DO NEGRO OU MESTIÇO DOS NOSSOS PALCOS?

A nossa pergunta Nelson Rodrigues respondeu com precisão:

— Acho, isto é, tenho a certeza de que é pura e simples questão de desprezo. Desprezo em tôdos os sentidos, mas falso, sobretudo. Raras companhias gostam de ter negro em cena; e quando uma peça exige o elemento de côr, adota-se a seguinte solução: brecha-se um branco. "Branco pintado" — eis o negro do teatro nacional. Claro, não devemos contar uma ou outra exceção. Mas isto não constitue uma regra. É preciso uma ingenuidade perfeitamente obtusa ou uma má fé cínica para se negar a existência do preconceito nos palcos brasileiros. A não ser no Teatro Experimental do Negro, no artistas de côr, ou fazem moleques paiaços, ou ficam mesmo bandeja ou, por último, ficam de fóra. Por que esta situação humanamente? Vejamos alguns dos motivos mais nítidos. Em primeiro lugar, subestima-se a capacidade emocional do negro, ou imperto dramático, a sua fôrça lírica e rude à que ele pode ter de sentimento trágico. Raros admitem que ele possa superar o

Nelson Rodrigues

molecagem e cachaça. Mas tais preconceitos nada representam diante do preconceito maior e mais irredutível, que é o da côr.

(Continua na pág. 6)

DOIS MUNDOS: PRETO E BRANCO, DENTRO DE UM SÓ PAÍS

SÔBRE A VIDA DO NEGRO NOS ESTADOS UNIDOS FALA-NOS O BRILHANTE JORNALISTA GEORGE S. SCHUYLER — ESTUDOS NA AMERICA LATINA SÔBRE DISCRIMINAÇÃO RACIAL

George S. Schuyler palestrando com o diretor de QUILOMBO

Quando o Dr. George S. Schuyler passou pelo Rio em missão jornalística de "The Pittsburgh Courier", tivemos com ele um ligeiro encontro. Sorridente e bem humorado, Schuyler não segundo o escritor irônico, o redator vivo e ágil daquela secção "O Mundo numa coluna", do "Pittsburgh Courier". Guardamos trechos da conversa que mantivemos.

Quando lhe perguntamos sôbre a possibilidade da mistura de raças nos Estados Unidos, apesar da segurança de quem representa a côr pensamento de tôda raça,

— É' uma solução muito distante e teórica. O negro não pensa em mistura através do casamento. O negro não pode havia de pensar nisso? Em qualquer condição social ou cultural em que se ache, encontra para si casar pretas cul-

A grande atriz Ruth de Souza no filme "Terra Violenta" — Nota sôbre cinema na 6ª pág.

tas, educadas. O negro possue uma sociedade completa e nem gosta de admitir nela o branco.

— Porque?

— Receio de que o branco traga consigo o seu racismo. Mesmo que ele não seja racista, o negro suspeita sempre.

(Continua na pág. 2)

Ano I   **N.° 1**
RIO DE JANEIRO, 9 DE DEZEMBRO DE 1948
1 CRUZEIRO

COLABORAM: Gilberto Freyre, Guerreiro Ramos, Efrain Tomás Bó, Maria Nascimento, Francisco de Assis Barbosa, J. S. Guimarães.

O iconoclasta

George Samuel Schuyler nasceu em Rhode Island, a 25 de fevereiro de 1895 e faleceu no dia 31 de agosto de 1977, na cidade de Nova York. Seu bisavô paterno foi um soldado negro que adotou o sobrenome do militar e senador Philip Schuyler (1733-1804). Sua bisavó do lado materno foi uma malgaxe que se casou com um capitão de navio da Baviera. Alistou-se no exército dos Estados Unidos e chegou ao posto de Primeiro Tenente, mas desertou quando um soldado de origem grega, ao ser designado para lustrar os sapatos de Schuyler, se recusou a servir um "negro". Pela deserção, passou nove meses encarcerado.

Schuyler se mudou para Nova York e se envolveu com a "Associação Universal para o Progresso Negro" liderada pelo radical nacionalista Marcus Garvey. Logo Schuyler passaria a criticar os apelos de Garvey por uma "pureza racial" e as ideias de segregação radical, com a volta dos descendentes à África. (Garvey seria parodiado na figura de "Licorice Santop" em *Black no More*). Por essa época foi aceito nos círculos socialistas mas já foi praticando o princípio de (Groucho) Marx, que se recusava a ser membro de qualquer clube que aceitasse como sócio alguém como ele. De qualquer modo, seus contatos abriram o caminho para redação de jornais panfletários. Seus textos lhe trouxeram fama, tanto pelas opiniões desafiando o senso geral quanto pela iconoclastia irônica com que derrubava conceitos de racistas e de (supostos) antirracistas. Schuyler não poupava ninguém de seus comentários sarcásticos e ganhou a fama de ser "do contra".

O que George Schuyler era especialmente *contra* era o que chamava de "Linha da Raça", *Racial Line*. Em síntese, rejeitava o essencialismo racial, a determinação de uma pessoa (e o que poderia fazer, e aonde ela poderia ir) apenas por sua "cor", em uma cartela onde havia apenas "branco" e "preto", sem quaisquer meio tons. Defendia que as pessoas não fossem julgadas pela cor de sua pele, o que seria ecoado trinta anos depois por Martin Luther King, Jr — a quem, por sinal, Schuyler gostava de antagonizar. Também foi um dos primeiros a defender que "raça" é um mero constructo social e expôs como o (pre)conceito era empregado, deliberadamente, para a manutenção das disparidades sociais: fomentar o racismo fazia (e ainda faz) desviar a atenção do povo dos reais problemas de exploração e injustiça, para mais fácil o manipular.

A ideia de "borrar" a Linha da Raça e deixar para trás o deteminante racial era literalmente um crime naquelas primeiras décadas do século 20 nos Estados Unidos. Era um tempo em que vigoravam as leis "Jim Crow", demarcando o território do branco e o espaço (que sobrava) do negro. Uma de tais leis, a "Separate Car Act", que regulava a segregação no transporte público, fora promulgada depois que um passageiro, de aparência branca, revelou que tinha um bisavô negro e foi então preso por andar de bonde fora da área dos "coloured". A obsessão pela "one drop rule" — pela qual uma pessoa que tivesse ao menos um antepassado negro, mesmo que remoto, seria considerada negra, não importando sua aparência — é satirizada em *Black no More* pelo malogrado plano de mapear a árvore genealógica de toda a população dos Estados Unidos, empreitada quixotesca que só demonstrou que, por esse critério, todos seriam negros.

A par disso, naquela época em que se exibiam pigmeus congoleses em zoológicos, várias pseudo-ciências buscavam "demonstrar" as diferenças fundamentais entre os "caucasianos" e os "negróides" (termos em voga à época). Schuyle satiriza alguns dos "cientistas" mas o que ele mostrou como caricatura, e que nos dias de hoje soa absurdo, não estava longe do que se lia e se discutia naqueles tempos.

Um *best-seller* da época, *The Passing of the Great Race* (Grant, 1916), "demonstrava", com mapas e citações históricas, como uma raça de sobre-humanos, os nórdicos, criaram toda a civilização, que foi degenerando na medida em que seguiu para o sul e chegou à África. A partir de Grant, Schuyler modelou o nome da "Cavaleiros de Nórdica" (um êmulo da Ku Klux Klan) e o rubicundo estatístico Buggerie linchado no fim do livro. Outro *best-seller* hoje impensável, mas bastante popular na época (é citado por um dos personagens de *The Great Gatsby*), é *The Rising Tide of Color* ("A maré crescente da cor") de Lothrop Stoppard (outro dos satirizados por Schuyler), publicado em 1920, que "comprovava" que o avanço das "raças amarela, marrom e negra", aliado ao "bolchevismo", punha a civilização nórdica em risco.

Cabe ainda lembrar que o começo do século 20 nos Estados Unidos foi marcado tanto pela rápida urbanização, pressionando as "fronteiras" de brancos e negros em grandes cidades, como também pela introdução dos meios de comunicação de massa, como o rádio e o cinema, usados para ampliar a discussão e exacerbar a neurose racial, como o arrasa-quarteirão *Nascimento de uma nação* (Griffith, 1915), que estabeleceu a mítica e estética da Ku Klux Klan.

É nesse ambiente de confrontação — tornado mais tenso pela quebra da bolsa de 1929 e mais difícil ainda de engolir pela Lei Seca — que Schuyler ousa desconstruir, a golpes de sarcasmo, o conceito dicotômico de raça. Com isso adota uma posição *Athanasius Contra Mundum*: irrita não somente os racistas brancos (os vociferantes e os complacentes) quanto as lideranças intelectuais, econômicas e políticas negras da época. Mais precisamente, Schuyler debocha de W.E.B. Du Bois e de Marcus Garvey, respectivamente seus "Dr. Shakespeare" e "Licorice Santop". O primeiro é retratado como um pedante intelectual multiétnico que recebe dinheiro de brancos (ricos com "culpa" social) para promover o "avanço" negro a partir de levantamentos estatísticos bizantinos; já "Licorice" é bem próximo do Garvey da vida real: autoproclamado "Presidente da África", postulador da segregação radical, vende passagens de navio para que os afrodescendentes deixem os Estados Unidos, em uma estranha aliança de interesses com a Ku Klux Klan.

Em resumo, Schuyler faz a ultrajante declaração de que todos — brancos e negros — perpetuam o racismo como forma de vida.

O que Schuyler propunha como solução para o racismo era (e ainda é) no mínimo controverso. Ele convocava as pessoas negras a terem orgulho de sua história mas a não se deixarem definir pela raça, por um suposto "racismo negro" autoinfligido que as confinaria nos papéis (e espaços) designados pelo preconceito. No lugar disso, ele as instava a focalizarem no desenvolvimento econômico e cultural sem esperar que outras pessoas ou o governo resolvessem seus problemas. Essa postura do indivíduo prosperando sem interferência do Estado ou da intelectualidade acabou aproximando suas ideias do pensamento de direita, principalmente porque essa era a corrente contrária ao senso geral, e Schuyler sempre preferiu remar contra a corrente. Ao dar título à sua autobiografia, definiu-se como *Black and Conservative* ("Negro e conservador"), em mais uma tentativa de marcar sua independência indomável e chocar as plateias em plena época dos Movimentos Civis, onde nenhum pessoa negra pensaria em *conservar* o sistema segregacionista que finalmente ruía graças às lutas lideradas por Luther King, Jr, Malcolm X. e outros.

Outra proposição também polêmica de Schuyler, em que contradisse a si mesmo (como de costume) foi a defesa da miscigenação como saída para o racismo, o que o aproximou das ideias edulcoradas de Gilberto Freyre. Embora afirmasse a Abdias do Nascimento, em 1948, que "o negro não pensa em mistura através do casamento", à época de *Black no More*, Schuyler havia se casado com uma mulher branca, a escritora texana Josephine Lewis Cogdell, cujos avós foram senhores de escravizados.

A filha do casal, Philipa Duke Schuyler, foi criada como um modelo de sucesso da miscigenação. Teve uma educação rígida, acompanhada de um estrito regime alimentar e de exercícios rigorosos, e aos quatro anos já se apresentava tocando ao piano peças de Schumann. De criança prodígio, de quem os pais se gabavam de possuir um QI de 185 pontos, passou a se apresentar ao piano em concertos internacionais antes de assumir a carreira do pai, o jornalismo, e publicar quatro livros, incluindo a biografia *Adventures in Black and White* ("Aventuras em preto e branco") em 1960, onde conta das privações e angústias pela condição de biracial, incluindo o aborto de um filho que teria com um diplomata de Gana.

Em 1967, Philippa foi ao Vietnã como repórter de guerra. O helicóptero em que estava, quando resgatava órfãos em Da Nang, caiu e ela morreu. Sua mãe nunca superou a perda e cometeu suicídio dois anos depois. Oito anos mais tarde, aos 82 anos, George Schuyler se despediria do mundo que sempre contrariou.

Notas

1 *"Biólogo afirma poder remodelar o homem. Dr. Yusaburo Noguchi, biólogo e zoológo experimental e chefe do Hospital Noguchi em Beppu, declarou ontem que, após quinze anos de experimentação ele havia desenvolvido uma técnica para alterar as características raciais dos seres humanos, incluindo a pigmentação."* The New York Times, outubro de 1929.

2 *"Amarelas": mulheres negras de pele clara, ou birraciais.*

3 *À época havia empresas de serviços criadas, dirigidas e operadas só por negros, dentro das propostas de "Ascenção para as Pessoas de Cor", das quais as duas empresas mencionadas, embora fictícias, seriam exemplo.*

4 *Era na época da Lei Seca. As pessoas pediam refrigerantes (como o ginger ale) e "batizavam" com o álcool que escamoteavam em frascos de metal.*

5 *Referência à Al Jolson, cantor popular da época, um branco que se pintava de preto ("black-face") para cantar músicas "negras", a mais famosa delas a sentimental "Mammy".*

6 *As leis "Jim Crow" implementavam as regras de segregação entre brancos e negros no espaço público, incluindo a proibição de casamentos interraciais. Só foram abolidas por total depois dos movimentos civis dos anos 1960.*

7 *Jogo de apostas ilegal, não muito diferente do "Bicho" brasileiro.*

8 *"Get out, get white or get along".*

9 *Minstrel era um gênero de teatro popular em que brancos se pintavam para caricaturar os negros em quadros de humor e música.*

10 Bondsmen *são pessoas que financiam a fiança para condenados pela justiça, em troca de uma taxa. Quando esses condenados fogem, o bondsman pode caçá-lo e entregar à justiça para reaver a fiança.*

11 *A primeira formação da Ku Klux Klan foi suprimido por lei federal em 1871. A segunda formação, com a típica túnica branca, foi dissolvida em fins dos anos 1920, logo antes deste livro ser escrito, mas um terceiro "Klan" se ergueria nos anos 1950 e existe até os dias de hoje.*

12 *Pela "Regra da única gota", bastava ter um único antepassado negro, ainda que bem remoto, para ser considerado (até juridicamente) "Negro".*

13 *O militante jamaicano Marcus Garvey, muito influente à época deste livro, lutava pela segregação radical entre negros e brancos e para isso chegou a formar aliança com a Ku Klux Klan.*

14 *Título autocoroado de Marcus Garvey.*

15 *Poema de Kipling, "Though I've belted you and flayed you / By the living God that made you / You're a better man than I am, Gunga Din.", em que um soldado inglês colonial lamenta a morte de um indiano a quem vilipendiava.*

16 *"Instituição peculiar" era um eufemismo recorrente para "escravidão".*

17 *Durante a Guerra Civil, os estados do Sul, escravocratas, se uniram em uma confederação em guerra contra os estados do Norte, abolicionistas.*

18 *Racistas "cristãos" dos Estados Unidos justificaram a escravidão com uma passagem do Gênesis (9:20-27) onde Noé, por ter sido ridicularizado quando bêbado por seu filho Cam, rogou uma praga para que ele e todos os seus descendentes se tornassem "servos dos servos a seus irmãos".*

19 *No original, "mudsill blacks", algo como "negros basais". A "Teoria Mudsill" propunha que sempre terá de haver uma classe na camada mais baixa sobre a qual se ergue o resto da sociedade, oferecendo portanto uma "justificativa" para a manutenção do regime escravocrata. Foi apresentada por um senador, agricultor e escravocrata da Carolina do Sul em 1858.*

20 *À época o Partido Democrata era mais conservador que o Republicano, ligado ao baronato agrícola sulista, enquanto que os republicanos eram mais associados aos industriais liberais do norte.*

21 *População dos EUA em 1930.*

22 *Conhecida também de "lei contra o tráfico de escravas brancas", tornava ilegal o tráfico interestadual de "qualquer mulher ou garota para o propósito da prostituição ou devassidão, ou qualquer outro propósito imoral." Foi promulgada em 1910 e ainda está em vigor, com emendas.*

23 *F.F.V significa "Primeiras Famílias da Virgínia", quatrocentões, título dado aos descendentes dos primeiros colonizadores ingleses a prosperarem na América do Norte.*

24 *Charles Lynch, latifundiário escravocrata, conduziu tribunais de exceção na Guerra de Independência. Seu sobrenome é a origem do termo "linchamento".*

25 *"Squaw": mulher nativa norte-americana. Referência ao poema de Kipling, "A fêmea da espécie": "Quando os primeiros jesuítas pregaram para os Hurons e Choctaws / rezaram para se livrar da vingança das squaws. / Foram as mulheres, não os guerreiros, que deixaram os religiosos no tacho / Pois a fêmea da espécie é mais letal que o macho." [Tradução livre]*

Dados Internacionais de Catalogação na Publicação (CIP)
(Câmara Brasileira do Livro, SP, Brasil)

SCHUYLER, George S. (1895-1977)

Branqueador Instantâneo™ Black No More | George S. Schuyler; tradução Julio Silveiro — 1. ed. — Rio de Janeiro, RJ : Ímã editorial : 248 p, 2023

Título original : Black No More

ISBN 978-65-86419-35-1

1. Ficção norte-americana. I. Título

23-178207   CDD 813

Índices para catálogo sistemático:
1. Ficção : Literatura norte-americana   813
Aline Graziele Benitez- Bibliotecária - CRB-1/3129

Tradução, notas e capa
Julio Silveiro

Ímã Editorial | Editora Meia Azul
www.imaeditorial.com.br

...aightening Combs

HAIR NETS.

HAIR GROWER FOUND AT LAST
...UM'S WELL-KNOWN HAIR SUCCESS
POMADE FOR THE HAIR
35 and 50 Cents per Box.

...ET PREPARATIONS ARE GUARANTEED TO BE
FREE FROM ALL INJURIOUS INGREDIENTS.

Face Bleach and Liquid or ... or bottle. **50c**	Mme. Baum's ...air Success, for straightening Hair, will stop dandruff and improve growth of Hair. 35c, 50c per jar.
Cold Cream, for ... Skin. **50c**	Mme. Baum's French Vegetable Tonic, Liquid, Unexcelled Hair Grower. Per bottle **50c**
Skin Food, for ... Skin. **50c**	Mme. Baum's Famous Shampoo, for Cleansing the Hair. Price per bottle **50c**
Brilliantine, will ... Soft and ... bottle **35c**	Mme Baum's Creole Face Po... box **35c**

LOOK FOR WORK?

...REAL PROFESSION WILL KEEP YOU BUSY
...AYS. MAKE MONEY AT YOUR HOME.
COMPLETE COURSE, $25.00

...dressing, manicuring, facial, scalp treatment, making of
...aightening, marcel waving, singeing, clipping. Practical
...der Mme. Baum's own supervision. Not a school—but a

...ckets for Heating Combs or Irons Over Lamps, 35c.
...end 2c Stamp for our New 1915 Catalogue.

...AIL ORDER SERVICE

...rs sent to any part of the U. S., Canada or B. W. I.
...your previous experience has been in buying by mail, our
...icient service will surprise you. You will find it a profit
...to deal with our Mail Order Department.

...HE ONLY AND OLD RELIABLE
...BAUM'S HAIR EMPORIUM
486 8TH AVENUE
BET. 34TH & 35TH
NEW YORK CITY
INCORPORATED

...enth avenues on 64th, 63rd,...
and 60th streets. A group of sin...
accompanied the tree, and a progra...
carols and other musical numbers...
given at each stop. The crowds...
gathered for a view of the unusual...
entered into the spirit of the occa...
and joined heartily in the singing o...
carols. Hundreds of sparklers were...
tributed among the children in...
streets, and the scintillating fl...
from these added to the illumin...
effects.

This community tree was made ...
sible by the spirit of help and co-o...
tion which Miss Haynes and Miss ...
mer met, not only from those i...
diately connected with the school ...
from many others. The Welfare L...
was directly in charge of the work ...
Henrietta Aid School furnished the ...
and part of the cost of the curren...
its lighting. The electric wiring ...
sixty of the lamps were supplie...
Mrs. F. C. Barlow, while friends i...
neighborhood contributed in small ...
a sufficient amount to provide the ...
lights necessary.

The greatest difficulty, that of ...
viding means of transportation fo...
tree, was eliminated by Mr. Leibe...
the National Motor Co., Eleventh...
enue, who contributed the use o...
electric motor truck, equipped w...
storage battery for the lights, d...
the four nights the tree was kept s...
ing. The Consolidated Fireworks ...
through Mr. Lloyd, furnished som...
the many sparklers given to the ...
dren at cost, and presented a large ...
ber with their compliments to the ...
dies of Columbus Hill.

During the Christmas season ...
house parties were given at L...
House for the various groups. ...
House was beautifully decorated ...
wreaths and greens, and pretty, ...
ornaments, made by the little ki...

COLORED MEN WANTED

to prepare as
Sleeping Car and Train Porters

No experience necessary. Positions pay from $60 to $100 month. First Class Eastern Roads. Railroad passes from your home to position and uniforms arranged for if necessary. Write at once.

Inter. Railway
Dept. (173)
Indianapolis, Ind